Catherine May

IM KLEINEN SCHWARZEN
Teil 8

Erotische Erzählung

Crossdresser-Erzählungen
Band 13

Bibliographische Information der Deutschen Nationalbibliothek:
Die Deutsche Nationalbibliothek verzeichnet diese Publikation
in der Deutschen Nationalbibliografie. Detaillierte bibliografische
Daten sind im Internet unter http://dnb.dnb.de abrufbar.

© 2. Aufl. 2025 Catherine May
Verlag:
BoD · Books on Demand GmbH,
In de Tarpen 42, 22848 Norderstedt,
bod@bod.de
Druck:
Libri Plureos GmbH, Friedensallee 273,
22763 Hamburg

ISBN: 978-3-7693-3984-0

Was bisher geschah

Die alte Geschichte: Alex war von seiner Frau erwischt worden, wie er aus reiner Neugier und zum ersten Mal überhaupt ihre Wäsche anprobierte. Was einem diffusen Kitzel entsprungen war, hatte sich zu einem Drama entwickelt. Innerhalb weniger Tage hatte Eva sein Leben völlig umgekrempelt. In Anknüpfung an ihm bisher unbekannte Vorlieben, zu denen sie während ihrer Studienzeit Erfahrungen gesammelt hatte, hatte sie ihn 24/7 in die Rolle des Hausmädchens und zu sexuellen Dienstleistungen genötigt, die weit über das hinausgegangen waren, was noch als Spiel hätte gelten können. Ihr Druckmittel, die Drohung seines Hinauswurfs aus dem gemeinsamen Leben in den kompromittierenden Kleidern, in denen er als ‚Marie' leben musste, hatte so durchschlagend gewirkt, dass er so gut wie alles mit sich machen ließ und auf Evas Weisung schließlich sogar in der Anwaltskanzlei ihres Nachbarn Paul als Sekretärin zu arbeiten begonnen hatte. Dabei hatte ‚Marie' in ihrem eleganten Kostüm so überzeugend gewirkt, dass niemand das Geheimnis aufgefallen war. Nachdem jedoch Eva provoziert und wohlwollend zugelassen hatte, dass ‚Marie' in einem Oktoberfest-Bierzelt von Betrunkenen missbraucht wurde, hatte Alex sich entschlossen, Widerstand zu leisten und die Trennung in Kauf zu nehmen.

In diesem Augenblick hatte sich die finanzielle Abhängigkeit der Firma seiner Frau von der Anwaltskanzlei des Nachbarn Paul in fataler Weise als existenzbedrohend erwiesen. Um den sofortigen Bankrott der Firma seiner Frau aufzuhalten, war ‚Marie' gezwungen gewesen, sich in den nicht näher definierten Dienst des Nachbarn zu stellen. Die erste Bedingung Pauls, die sofort auszuführen war, war Maries Übersiedelung auf seinen Wohnsitz in England – wozu nichts weiter nötig gewesen war, als sich *en femme* in ein Flugzeug zu setzen.

Dort war Alex überraschenderweise eine Aufgabe angetragen worden, die in einem gut bezahlten Gefallen für den todkranken Bruder von Paul bestand. Vordergründig hatte Alex dafür eine Rolle in einer Art inoffizieller Reality-Show spielen sollen: ‚Marie' würde zum Schein Tom heiraten und damit einen Herzenswunsch des Kranken erfüllen, solange dieser noch lebte.

Einer der Haken hatte darin bestanden, dass der geistig eingeschränkte Tom nicht wusste, dass es sich nur um ein Schauspiel handelte. Er war von einer wirklichen Heirat mit jener Frau ausgegangen, die zu seiner großen Begeisterung Audrey Hepburn in „Frühstück bei Tiffany" ähnelte. Außerdem bedeutete die Aufgabe für Alex wiederum einen 24/7-Job: vollständiges Leben als Frau in einem allerdings traumhaften Umfeld, bis Tom seinem Leiden erliegen würde. Der Zeitpunkt indessen, zu dem Toms Tod zu erwarten war, war nicht genau vorauszusagen. Die Ärzte gingen von einigen Wochen oder Monaten aus, die der Kranke noch zu leben hatte. Aber Alex hatte gleich in der ersten Nacht in seinem neuen Bett einen verstörenden Traum gehabt, in dem ihm die Möglichkeit vor Augen geführt worden war, dass Tom seiner Umgebung sein schweres, zum Tod führendes Leiden nur vorspielte. Und so gesund, wie er in dem Traum gewirkt hatte, so lebhaft und ausgefallen waren dort seine sexuellen Vorlieben und Bedürfnisse gewesen, die er an Marie auszuleben gedachte.

Die ersten Tage in der neuen Rolle hatten sich rasant gestaltet, da die Zeit drängte und in dem alten Schloss im *Lake District* alle Voraussetzungen geschaffen waren für ein angenehmes Leben und eine Traumhochzeit. Allerdings hatte dieses Leben Alex keinen einzigen Moment der Rückkehr in ein Leben als Mann gestattet. Im Gegenzug hatte er langsam einen gewissen, auch erotischen Reiz an dieser Situation entdeckt.

Schon in den ersten Tagen hatte er die Erfahrung gemacht, dass Marie *sowohl* weibliche *als auch* männliche Verehrer anzog und dass sie, wenn sie wollte, die Früchte nur zu pflücken brauchte. Die kleinen Gipfel unerwarteter, höchster Genüsse hatte Alex allerdings mit wachsender Verwirrung bezahlen müssen. Am Ende hatte da nicht nur die Erkenntnis gestanden, dass die *non-stop*-Rolle in Frauenkleidern etwas mit ihm *machte*, sondern auch die Sorge, dass diese Veränderungen möglicherweise nicht vollständig umkehrbar sein würden.

Alex hatte nicht viel Zeit gehabt, sich in die neue Rolle einzufinden. Er hatte u.a. Tom kennengelernt, einen ausgesprochen liebenswürdigen, immer gutgelaunten Menschen, dessen geistige und körperliche Einschränkung erst im Laufe der Zeit spürbarer werden würden.

In vielen einzelnen Schritten war Alex' Feminisierung immer weiter vervollkommnet worden, ohne dass er selbst, der als Schauspieler nur eine Rolle zu spielen hatte, viel Mitspracherecht eingeräumt worden war. So war er immer tiefer in die intimsten Geheimnisse des Frau-Seins hineingedrängt worden.

Schon am vierten Tag war ,Marie' mit Tom verlobt worden, dessen gesundheitlicher Zustand keine längere Vorbereitungszeit zuzulassen schien. Zur Verlobungsfeier waren einige Freunde des Hauses angereist, von denen zunächst niemand das delikate Geheimnis wusste, dass ,Marie' in Wirklichkeit keine Frau war. In der darauffolgenden Nacht hatten es die betörenden, bildschönen Martha und Maria, die eigentlich lesbisch waren, aber herausgefunden – und waren begeistert gewesen.

Mitten in den Hochzeitsvorbereitungen hatte Bernhard, einer der Gäste der Verlobungsfeier, ,Marie' zu einem Date eingeladen. Dieses war mit der aktiven Hilfe von Martha und Marie akribisch vorbereitet worden. Alex hatte ,Marie' Bernhard gegenüber als selbstbewusste Frau erscheinen lassen wollen. Trotzdem war die beiden, nicht nur durch unbedachte Speisen mit aphrodisierender Wirkung erregt, am Ende des Abends im Bett gelandet.

Unpässlich

Martha und Maria brauchten keine Erklärung, als Marie erst am ‚Morgen danach' von ihrem Date mit Bernhard zurückkehrte. Es war, als würden sie ihr alles an der Nasenspitze ansehen. Ungefragt ließen sie ein warmes, duftendes Bad ein und halfen Marie beim Auskleiden und Abschminken. Als sie in der Wanne saß, seifte Maria sie mit einem großen, weichen Schwamm ein und wusch anschließend die Seife mit einem warmen Waschlappen wieder ab. Alles, was die beiden taten, machten sie zärtlich und sehr sanft.

Aber Alex fühlte sich nicht besser dadurch. Tatsächlich fühlte er sich, während er in der Wanne an sich hinabsah, nicht einfach nur psychisch schlecht, so wie er es für seine Situation für natürlich gehalten hätte: wenig Schlaf, ein kleines ‚über-die-Stränge-Schlagen' in einer rauschhaft verbrachten Nacht, darauf folgende moralische Zerknirschung und der übliche, morgendliche Katzenjammer. Vielmehr fühlte er sich auch *körperlich* unwohl. Er spürte ein Ziehen im Rücken, seine Beine begannen zu schmerzen, er hatte Kopfschmerzen und die Übelkeit, die ihn im Auto überwältigt hatte, kehrte zurück. Er musste sich ein zweites Mal übergeben. Je länger er in der Wanne saß und die liebevolle Pflege genoss, desto mehr fühlte sich sein Körper an, als wenn ein Fieber sich darin ausbreitete. Sein Kopf begann zu glühen und schmerzte, ihm wurde heiß, heißer als dass es das angenehm warme Wasser verursacht haben konnte. Schließlich legte Martha eine Hand auf seine Stirn und machte ein bedenkliches Gesicht.

Alex sah sie an. „Werde ich krank?"

Martha rang sich ein feines Lächeln ab. „Nun", begann sie zögerlich, „wenn du nicht dieses kleine Detail zwischen deinen hübschen Beinen hättest ..." Sie zeigte auf seinen Schoß mit einem Penis, der sich gerade fast vollständig entspannt hatte, und hielt inne.

„Ja?"

„Also, wenn ich nicht absolut sicher wäre, dass du keine *richtige* Frau bist, stattdessen im Vollbesitz deiner männlichen Kraft – und davon konnte ich mich ja selbst überzeugen ..."

Sie stockte erneut.

„Dann?"

„Dann würde ich sagen, dass lediglich geschieht, was mit einer Frau eben einmal im Monat geschieht."

Alex sah sie mit aufgerissenen Augen an. Dann fing er an zu lachen.

„Ich habe meine Periode?!?"

Nun lachte auch Martha. „Ja, also: nein, das ja sicher nicht, oder? Ich meine, dafür fehlen dir alle – oder sagen wir: fast alle körperlichen Voraussetzungen."

Trotz des Kopfschmerzes und der Übelkeit musste Alex weiter schmunzeln. „Da bin ich aber erleichtert."

„Aber die Symptome gleichen dem doch ... ein wenig."

Alex lehnte sich in der Wanne zurück und überließ sich seinem Grübeln. Je länger er nachdachte, desto unglaublicher schien es ihm. Noch vor wenigen Stunden hatte er den durchaus nicht diffusen Eindruck gehabt, dass etwas mit ihm *geschieht*, noch dazu etwas, dessen Konsequenzen für ihn nicht absehbar zu sein schienen. Eigentlich hatte er diesen Verdacht rein psychisch gemeint. Aber wenn er sie richtig verstanden hatte, dann deutete Martha jetzt eine Veränderung seines *Körpers* an, die in genau diese Richtung gehen würde!

„Das kann natürlich nicht sein!" Martha hatte die Gedanken in seinem Kopf verfolgt und in seinen Augen das aufsteigende Erstaunen bemerkt. Sie bemühte sich, zu beschwichtigen und lachte erneut. „Wie gesagt, ich weiß ja *ganz genau*, dass du körperlich keine Frau bist. Dir fehlt einfach alles, was du für die Periode brauchen würdest. Es muss sich also um einen Zufall handeln, um die zufällige Verkettung von Symptomen, die einen Fachmann sicher zu einer anderen Diagnose führen würden. Schließlich treten Rückenschmerzen, Kopfschmerzen und Übelkeit auch bei ganz normalen Männern auf, nicht nur bei Frauen, die gerade ihre Tage haben." Wieder lachte Martha. „Oder hast du etwa auch Unterleibsschmerzen und angeschwollene Brüste?"

Alex bemühte sich, ebenfalls zu lachen, brachte es aber nur bis zu einem unsicheren Grinsen. Denn in dem Augenblick, als Martha ihm die Frage gestellt und er sich auf jenen Bereich seines Körpers konzentriert hatte, an dem er außerhalb der Badewanne und des Betts normalerweise einen BH mit feinen, weichen Silikoneinlagen trug, hatte es sich für einen Augenblick durchaus so angefühlt, als wenn die Haut um seine Brustwarzen herum spannen würde.

Autosuggestion!

Es war interessant, wie vollkommen das funktionierte!

Denn anders konnte Alex sich dieses Gefühl nicht erklären. Natürlich, er hatte schon immer zur Hypochondrie geneigt. Wenn er in einem Klinischen Wörterbuch geblättert oder eine ungewohnte Krankheit gegoogelt hatte, hatte er regelmäßig einen Großteil der dort beschriebenen Symptome an sich selbst wiedererkannt und schon diverse Male unter der Furcht gelitten, diese oder jene mehr oder weniger abstruse, nicht erkannte Krankheit zu haben, an der er unweigerlich zugrunde gehen würde.

So musste es auch in diesem Fall sein. Autosuggestion: Er fantasierte Menstruationsbeschwerden in seinen männlichen Körper hinein! Und das so intensiv, dass sie sich körperlich wirklich zeigten. Immerhin schien das Fieber messbar und also keine Einbildung zu sein.

Nur dass er weder im Pschyrembel gelesen noch gegoogelt noch mit irgendjemandem über Menstruationsbeschwerden gesprochen hatte. Das war für ihn bisher nie ein Thema gewesen, mit dem er sich beschäftigt hatte. Er hatte diese Beschwerden im Detail nicht gekannt! Er konnte aber nicht auf psychischem Weg herstellen, was er kognitiv gar nicht kannte!

Wieder hatte Martha ihn aufmerksam beobachtet. „Oder *hast* du angeschwollene Brüste?"

Alex sagte nichts. Was hätte er auch sagen sollen. Er schämte sich. Schließlich räusperte er sich.

„Nun", begann er und versuchte, seine Stimme in den Griff zu bekommen, „ich fürchte, dass die Natur sich mit mir gerade einen kleinen Spaß erlaubt. Sie will offenbar ein bisschen mit mir spielen. Eine Laune der Natur ..."

Martha und Maria sahen ihn skeptisch an und versuchten dann, unter dem Badeschaum Alex' Brust zu erkennen. Maria setzte sich auf den Wannenrand und fuhr mit ihrer Hand über seinen unter Wasser liegenden Oberkörper. „Also, *hast* du oder hast du *nicht*?"

Alex zögerte. „Also, *Brüste* habe ich ja nicht, denke ich."

„Und fühlt sich da trotzdem etwas angespannt an?"

Wieder zögerte, dann nickte er.

„Unterleibsschmerzen *und* angeschwollene Brüste?"

„Na ja, von ‚angeschwollenen Brüsten' kann bei mir ja nicht unbedingt die Rede sein."

Marie fuhr mit ihrer Hand sanft darüber.

Alex durchlief ein Schauer. „Aber ... doch, ja: ich *habe*."

Und er fühlte sich, als hätte er gerade zugegeben, schwanger zu sein und den ersten Tritt des Kinds gegen seine Bauchdecke gespürt zu haben.

Maria konnte nicht anders: Sie lachte aus vollem Hals. „Ist es von mir?!", rief sie dann und hielt die Hände wie zum Gebet vor die Brust. „Oh, bitte sag', dass es von mir ist! Ich will so gern Vater werden!"

Währenddessen strich Martha den Badeschaum zur Seite und betrachtete eingehend Alex' Brust.

„Es ist schon eigenartig", sagte sie, nachdem Maria sich wieder beruhigt hatte, „aber es könnte einem so scheinen, als ob deine Nippel irgendwie vergrößert sind."

Den ganzen Vormittag über hatte Alex im Bett gelegen. Martha, Maria und Edith hatten sich hingebungsvoll um ihn gekümmert. Den größten Teil der Zeit hatte er allerdings geschlafen.

Als er erwachte und Edith ihm ein leichtes Mittagessen brachte, lehnte er jedoch ab: allein die Vorstellung, zu essen, erweckte Übelkeit in ihm. So verhielt es sich noch am Abend. Zu all dem anderen waren inzwischen noch Schwäche und Schwindel gekommen. Er schaffte es kaum, ins Bad oder zur Toilette zu kommen, ohne dass er sich festhalten oder gestützt werden musste. Also blieb er im Bett und schlief weiter. In den Zeiten, in denen er wach war, plagten ihn heftige Unterleibsschmerzen, die sich anfühlten, als würde dort alles von Krämpfen zusammengezogen.

Für den nächsten Vormittag hatte Edith, die sich ernsthaft um Alex' Gesundheit sorgte, einen Arzttermin ausgemacht. Er stand mühsam auf und ließ sich beim Waschen und Anziehen von Martha und Maria helfen. Martha gab ihm frische Wäsche.

Alex stutzte. Er wollte zum Arzt eigentlich nicht in Damen-Unterwäsche und in Leggins gehen. Doch Martha blieb unnachgiebig.

„Du kennst die Vereinbarung. Paul hat vorhin noch einmal ausdrücklich darauf hingewiesen. Immerhin besteht die Gefahr, dass Tom irgendetwas mitbekommt oder sieht, zum Beispiel wenn wir losfahren. Deshalb besteht er darauf."

Alex war zu schwach, um zu protestieren. Also zog er den Sport-BH und das dazu passende Höschen an ebenso die rosafarbenen Leggins und ein weißes *Oversized*-T-Shirt, Söckchen und leichte Leinenschuhe und schließlich einen bequemen Kapuzenpulli. Maria frisierte und schminkte ihn zurückhaltend.

Unterdessen hatte Martha ein paar Sachen in Maries Handtasche gepackt, und so gingen sie langsam die Treppe hinunter und zum Haupteingang hinaus zum Wagen. Alex war noch blasser als am Tag zuvor, ihm war übel und er war unsicher auf seinen Beinen, die sich anfühlten, als wollten sie jeden Moment einknicken. Daher war er dankbar, dass er sich bei Maria einhaken konnte. Edith stieg ebenfalls in den Wagen ein.

Sie fuhren in die Stadt. Die Schaukelei auf den kurvigen Straßen tat Alex alles andere als gut. Aber der Weg war nicht weit und Maria, deren Kleidungsstil an diesem Morgen irgendwie burschikos wirkte, unterhielt sich und die anderen damit, dass sie über ‚Mama Marie' und ‚Papa Maria' fantasierte und darüber, wie sie sich das Würmchen vorstellte, das aus dieser Verbindung hervorgehen sollte. Während sie Namen aufzählte, die für sie in die engere Wahl kommen würden und von denen sie hoffte, dass auch die – mühsam lächelnde – ‚Mama' dem zustimmen würde, fuhren sie in einen Hof und hielten an einer kleinen Privatklinik in altertümlichem, britisch-neugotischem Stil an, die in einem ähnlichen Park lag wie das Castle. Alex konzentrierte sich auf seine Beine, die ihn noch immer nicht recht tragen wollten, und sah daher nicht das Schild an der Tür der Station, die sie betraten.

Er musste nicht erst in ein Wartezimmer, sondern wurde nach einem kurzen Aufenthalt bei der Anmeldung gleich in ein Behandlungszimmer geführt. Er nahm auf einem Stuhl Platz, Edith setzte sich neben ihn, Martha und Maria warteten im Gang vor dem Raum.

Für einen Moment ließen die Unterleibskrämpfe nach und Alex konnte sich auf seine Umgebung konzentrieren. Er hob den Kopf – und augenblicklich wich das Blut aus seinem Kopf. Sein Blick war auf einen gynäkologischen Stuhl gefallen, der an zentraler Stelle des Untersuchungszimmers stand. Er starrte ihn an und versuchte sich darüber klar zu werden, was hier geschah. Wenn dies ein Gyn-Stuhl war, befand er sich beim Frauenarzt!

Was machte er bei einem Frauenarzt?!

Er wandte sich an Edith, flüsterte: „Edith, was mache ich hier? Warum bin ich bei einem Gynäkologen?"

„Einer Gynäkologin", antwortete sie, „es ist eine sehr nette und kompetente Frau."

„Ja, aber: was mache *ich* hier?"

Sie legte ihm beruhigend eine Hand auf seinen Arm. „Sie begleitet eine ganze Reihe von Transsexuellen auf ihrem Weg."

„Aber ich bin doch gar kein ..."

„Nein, natürlich nicht. Aber für sie ist es nicht überraschend, dass sie einen Mann in Frauenkleidern untersucht. Oder eine Frau mit männlichen Geschlechtsorganen, ganz wie du willst." Sie sah ihn aufmerksam an. „Bei jedem anderen Arzt hätten wir umständlich erklären müssen, warum du Frauenkleider trägst, oder nicht?"

Alex nickte. Das leuchtete ein.

„Also tun wir einfach so, als wenn du auch auf dem Weg vom Mann zur Frau wärst. Noch ziemlich am Anfang, denn dein Körper ist noch rein männlich. Das wird sie auf den ersten Blick sehen und verstehen."

Alex sah wieder auf den Gyn-Stuhl. Für einen Mann verband sich damit immer ein leichtes Unwohlsein, als wenn es sich um eine Art Folterinstrument handelte. Ediths Erklärung hatte ihn allerdings weitgehend beruhigt. Da hatte sie wieder einmal weiter gedacht als er, und er war ihr dankbar dafür.

Einige Minuten später betrat eine ältere, sehr gepflegte und zudem ausgesprochen schöne Frau das Behandlungszimmer, begrüßte erst Edith, die sie offenbar gut kannte, und dann Alex. Aufmerksam hörte sie sich Ediths Beschreibung der Symptome an, unter denen Alex litt. Dann stellte sie einige Fragen an ihn selbst. Er sollte seine Schmerzen und sein Unwohlsein noch einmal beschreiben. Schließlich bat sie ihn, auf dem Gyn-Stuhl Platz zu nehmen und sich ‚unten rum frei' zu machen.

Alex zog die Leggins aus.

„Den Slip bitte auch."

Alex glaubte, feuerrot zu werden, als er das Höschen auszog, aber die Ärztin zeigte keinerlei Reaktion, als sie seinen Penis erblickte.

Alex setzte sich auf den Stuhl. Es brauchte eine weitere Aufforderung, bis er auch die Beine in die hochgelegenen Schalen legte.

Obwohl er wusste, dass alles seinen Sinn hatte und gut so war, wie es sich da abspielte, hatte er ein mehr als seltsames Gefühl. Was machte er hier? Und was geschah mit ihm?

Die Ärztin tastete seinen Lendenbereich ab, befühlte auch den sauber rasierten Penis und den Hodensack. Fragte, ob dort irgendetwas wehtäte.

Alex verneinte. „Höchstens ..."

„Ja?"

„Höchstens so ein leichtes Ziehen in den Hoden."

„Beschreiben Sie das näher."

„Als wenn sie ... prall wären, oder hart. Oder als wenn der Sack drumherum zu klein wäre."

„Zieht es auch am Hodensack?"

„Ein wenig, ja, jetzt wo Sie es sagen, fühlt es sich ein bisschen so an."

Die Ärztin nickte. Dann bedeutete sie ihm, dass er sich wieder anziehen könne, sich aber nun ,oben rum' frei machen und auf die bereitstehende Liege legen solle. Alex zögerte beim BH, doch zog er dann auch diesen aus, samt den Polstern, die darin lagen.

Wieder tastete die Ärztin ihn sorgfältig ab. Am Unterleib gab es Stellen, an denen es Alex wehtat. Dann kam die Ärztin in den Bereich um die Brustwarzen. Alex spürte ein leichtes Kribbeln, das vollkommen ungewohnt war, als wenn die ,Brüste' – wenn er denn soetwas gehabt hätte – empfindlicher gewesen wären als sonst.

Die Ärztin sah, wie er leicht zusammenzuckte. „Sind Sie hier sonst auch so empfindlich?"

„Eigentlich … eher nicht, nein."

Sie nickte und tastete weiter.

Als sie auch damit zum Ende gekommen war, bat sie Alex, nachdem er sich wieder angezogen hatte, sich auf einen Stuhl zu setzen, auf dem sie ihm Blut abnehmen wollte. Sie kam mit einer ganzen Batterie von Spritzen und Kanülen, die sie eine nach der anderen mit seinem Blut füllte, das sie aus der Arm-Vene abzapfte. Alex wurde es schon wieder übel. Für alle Fälle gab sie ihm eine kleine Metallschüssel, die er auf dem Schoß halten konnte.

Als alles beendet und die Blutproben von einer Schwester ins Labor gebracht worden waren, bat die Ärztin Alex und Edith zu einer Sitzgruppe, in denen sie Platz nahmen.

„Nun", sagte sie und schien sich ihre Worte ganz bewusst zurecht zu legen. „Der Weg, den Sie sich zu gehen entschlossen haben, ist nicht einfach. Das wissen Sie ja sicherlich, das muss ich Ihnen nicht erst erklären. Die Natur sieht soetwas eigentlich ja nicht vor, es ist ein wenig so, dass wir hier – entschuldigen Sie bitte die Formulierung – der Natur ins Handwerk pfuschen. Über alles das haben Sie zweifellos mit ihrem Therapeuten bereits gesprochen." Sie sah Alex aufmerksam an.

„Therapeuten? Was … nein, nicht so ausführlich." Alex hatte plötzlich das Gefühl, als sollte er nicht zu viel preisgeben von sich und seinem ‚Weg', bevor er übersehen konnte, worauf die Ärztin eigentlich hinauswollte.

„Nicht? Nun, das sollte in Ihrem Fall eigentlich

geschehen. Das kann ich hier und jetzt nicht alles nachholen. In jedem Fall ist es aber so – um es ganz einfach und in kurzen Worten zu sagen –, dass der Weg von einem männlichen zu einem weiblichen Körper dem männlichen Körper eine Reihe von Korrekturen zumutet, die dieser zunächst als Irritationen wahrnimmt. Unser System ist so aufgebaut, dass es sich gegen diese Irritationen erst einmal wehrt, als wenn es sich um eine Krankheit oder einen Fremdkörper handelte. Es hängt nicht zuletzt vom Immunsystem ab, wie stark er das tut. Und eben das ist es, was Sie jetzt gerade erleben. Ihr Körper versucht mit allen ihm zur Verfügung stehenden Mitteln, sich gegen diese Korrektur zu wehren, und diese Mittel sind eben Gegenreaktionen. Eigentlich sollte man also sagen: Ihr Körper ist vollkommen gesund und reagiert genau so, wie er es tun sollte."

Sie sah Alex wieder auffordernd an, und auch wenn er noch immer nicht absehen konnte, worauf sie hinaus wollte, nickte er.

„Nehmen wir z.B. die Unterleibsschmerzen, die Sie verspüren, oder die Übelkeit. Auch die Kopfschmerzen sind darauf zurückzuführen, ebenso das Ziehen in den Beinen. Der Körper wehrt sich gegen die Hormone, die er als Fremdkörper empfindet, denn durch diese wird er an all diesen Stellen gewissermaßen angegriffen. Jedenfalls empfindet er das so."

Sie lächelte über diese psychologische Deutung der einfachen Körper-Mechanismen, aber Alex konnte diesmal nicht lächeln. Was meinte sie mit ‚die Hormone'?

„Die Reaktionen sind in Ihrem Fall nicht nur richtig und waren zu erwarten, sie sind außerdem durchaus im Rahmen des Üblichen. Es gibt Menschen in Ihrer Situation, deren Körper noch ganz anders reagieren! Manche von ihnen können mehrere Tage lang kaum mehr aus dem Bett aufstehen, müssen sich ununterbrochen übergeben und ähnliches." Sie machte eine kleine Pause, um gewissermaßen sacken zu lassen, was sie gerade beschrieben hatte. „Das sollte für Sie eigentlich eine gute Nachricht sein, nicht wahr? Ihr Körper scheint nicht *extrem* zu reagieren. Um Ihnen aber weiter helfen zu können, wäre es hilfreich zu wissen, welche Präparate Sie verwenden und in welcher Dosis. Am besten wäre es, wenn ich wüsste, welcher Arzt sie Ihnen verschrieben hat."

„Präparate?" Alex sah Edith hilflos an. Dann blickte er wieder auf die Ärztin. „Ich kann Ihnen nicht ganz folgen."

Die Ärztin zögerte einen Augenblick und sah ebenfalls kurz zu Edith hinüber. Dann begann sie langsam: „Nun, es gibt natürlich auch die Möglichkeit – von der wir allerdings normalerweise abraten –, den Weg ohne die Begleitung eines Arzts zu gehen. Präparate lassen sich über das Internet bestellen, und auch dort findet man natürlich gutgemeinte Ratschläge in Bezug auf die Dosierung und die Art der Einnahme. Damit ich Ihnen helfen kann, muss ich Sie das jetzt fragen und es ist zu Ihrem Besten, glauben Sie mir bitte, und alles, was Sie hier sagen, bleibt selbstverständlich in diesem Raum: Haben Sie das so gemacht?"

Alex war konsterniert. Überrascht, beinahe hilfesuchend sah er wieder Edith an. Diese war selbst so erstaunt, dass sie ebenfalls zunächst einmal schwieg. Dann schüttelte sie leicht mit dem Kopf und versicherte der Ärztin, dass sie von keinerlei Präparaten wüssten.

Die Ärztin räusperte sich. Wieder sammelte sie sich einen Augenblick. Es wurde nicht recht deutlich, ob sie den Aussagen von Alex und Edith glaubte. Jedenfalls aber kam sie offenbar zu dem Entschluss, die Karten ihrerseits offen auf den Tisch zu legen.

„Also," sagte sie, „was ich hier an Symptomen sehe, sind sämtlich Anzeichen dafür, dass Ihr Körper dabei ist, sich von einem Männer- in einen Frauenkörper zu verwandeln. Ganz offensichtlich – das werden die Blutwerte genauer zeigen können – wurden bzw. werden Ihnen Hormone zugeführt, die diesen Prozess eingeleitet haben und ihn nun vorantreiben. Ihre Symptome sind, wie gesagt, vollkommen typisch für eine beginnende Hormontherapie mit Östrogenen. Allerdings scheint mir die Dosierung ungewöhnlich hoch zu sein, das Präparat scheint keins der mir bekannten zu sein."

Beates ganz besonderer Coup

Alex reagierte, wie er häufig in Schocksituationen reagierte: er lachte.

„Wie bitte?"

Er wehrte sich.

„Das ist doch *absurd*!"

Er suchte nach Argumenten, die nur eines belegen konnten: dass er recht hatte.

„Ich habe doch keine Hormone eingenommen! Das würde ich doch wissen, oder nicht?"

Die Ärztin sah ihn aufmerksam an. Sie musterte ihn noch einmal von Kopf bis Fuß, als wolle sie sich darüber klar werden, was sie hier eigentlich vor sich hatte, und antwortete dann: „Nicht unbedingt."

Alex hörte abrupt auf zu lachen. „Was meinen Sie damit?"

„Nun, Hormone werden normalerweise in Pillenform verabreicht. Nur in seltenen Fällen greift man auf Spritzen oder gar Infusionen zurück. Pillen könnten Ihnen, wenn es so ist wie Sie sagen, gegeben worden sein, ohne dass Sie es merken."

„Wie das?"

„Sie könnten z.B., wenn Sie nahrungsergänzende Medikamente, etwa Vitaminpillen, nehmen, statt dieser in Wirklichkeit Hormonpräparate einnehmen. Im extremsten Fall, wenn derjenige es tatsächlich nicht bemerken soll, könnte man sie sogar im Mörser zerkleinern und in irgendetwas hinein mischen. In eine Speise oder ein Getränk. Wenn es richtig gemacht würde, würden Sie das kaum schmecken."

Alex sah Edith an.

Edith schaute verunsichert zurück. „Bei uns? Ich wüsste nicht, wie das geschehen sollte. Es müsste ja eine Speise oder ein Getränk sein, das nur du bekommst, zum Beispiel in deinem Zimmer. Sonst würde die Gefahr bestehen, dass auch jemand anderer davon isst oder trinkt."

Sie wandte sich an die Ärztin. „Er wohnt seit einigen Tagen bei uns im Schloss."

Sie gingen die Möglichkeiten durch. Aber keine schien wirklich schlüssig zu sein.

„Wie lange wohnen Sie denn schon dort?", fragte die Ärztin schließlich.

„Seit etwas mehr als einer Woche."

„Nun, es muss Ihnen nicht in *dieser* Zeit verabreicht worden sein. Die Präparate wirken natürlich unterschiedlich schnell, aber es wäre auch möglich, dass sie es schon vorher bekommen haben. Seltsam ist nur …"

„*Vorher?*" Alex unterbrach die Ärztin, ohne sie ausreden zu lassen. Er sah Edith an.

Diese schien plötzlich klarer zu sehen. „Das würde heißen, in der Zeit, als du noch bei Eva gelebt hast."

Alex sah sie konsterniert an.

„Und da war doch auch diese seltsame Freundin."

„Beate?"

„Wäre der nicht soetwas zuzutrauen?"

Alex überlegte. „Ich kenne sie eigentlich gar nicht. Aber was sie sich alles hat einfallen lassen …"

„Und sie schien ja noch einiges *in petto* zu haben, oder nicht?"

Alex nickte. „Denkbar wäre es."

Nun mischte sich auch die Ärztin wieder ein. „Etwas ist daran seltsam: In dem Augenblick, in dem Sie hier eingetroffen sind und also dem Zugriff der beiden Frauen, von denen Sie sprechen, entzogen waren, müsste die Hormongabe eigentlich abgebrochen sein. Das scheint aber nicht der Fall zu sein."

„Wie meinen Sie das?"

„Die Tatsache, dass Sie jetzt erst die Symptome zu spüren bekommen, kann keine ‚Spätfolge' sein. Wenn die Gabe von Hormonen aufgehört hätte, als Sie hier eintrafen, wären diese Symptome nicht aufgetreten. Sie hätten dann zwar etwas mehr weibliche Hormone in Ihrem Körper, als Sie vorher hatten, aber es wäre wohl noch nicht der Rede wert gewesen und nicht zu diesen Beschwerden und den offenkundigen Veränderungen gekommen."

„Das aber würde heißen …" Edith sah Alex erschrocken an.

„Richtig, dass die Gabe von Hormonen weitergeht. Sie findet offensichtlich noch immer statt!"

„Also geschieht es doch *hier*?" Alex sah Edith wiederum an.

Diese schüttelte den Kopf. „Ich halte das für ausgeschlossen."

„Dann hilft nur eins", fasste die Ärztin zusammen. „Um zu verstehen, was hier geschieht und worauf es zurückzuführen ist, müssen Sie Kontakt aufnehmen mit der Frau oder den Frauen, von denen Sie gesprochen haben. Inzwischen können wir versuchen, über Ihre Blutwerte ein paar Informationen zu bekommen, so dass wir überlegen können, was zu tun wäre, falls Sie diesen Weg nicht weitergehen wollen."

Alex fühlte sich buchstäblich, als sei ihm der Boden unter den Füßen weggezogen worden. „Verstehe ich Sie richtig?", hakte er noch einmal nach. „Dass ich Hormone bekommen habe und dass das nach wie vor geschieht, ist nicht etwa nur eine bloße These, eine *Möglichkeit*, die die Symptome meiner Beschwerden erklären würde, sondern eine *Tatsache*? Ich habe *auf jeden Fall* weibliche Hormone bekommen und mein Körper hat bereits angefangen, sich entsprechend zu verändern – richtig?"

Die Ärztin nickte. „Das ist ganz ohne Zweifel der Fall."

„Dass mir die Brust wehtut, heißt also, dass mir gerade ein Busen wächst?"

Wieder nickte die Ärztin.

„Und demnächst wird mein Bartwuchs aufhören und stattdessen werde ich volleres Haar auf dem Kopf bekommen? Breitere Hüften, schmalere Schultern, eine schmalere Taille? Und mein ...", er deutete vage in seine Leistengegend, „... wird kleiner werden und ..."

Die Ärztin nickte. Als er sie daraufhin nur noch konsterniert ansah, fügte sie sanft hinzu: „Das ist alles richtig. Für viele Menschen in Ihrer Situation ist das ein Traum, der damit in Erfüllung geht. Hin zu einem richtigeren, stimmigeren Leben. Ist es das bei Ihnen denn nicht?"

Alex überließ es Edith, der Ärztin die Situation zu erklären.

Als sie wieder im Auto saßen und zum Castle zurückfuhren, schwiegen sie zunächst einige Zeit. Alex versuchte zu verarbeiten, was er gehört hatte. Aus seinem männlichen Körper wurde ein weiblicher. Er wurde eine Frau! Bildete er es sich ein oder spannte sich tatsächlich die Haut über den Stellen, an denen Frauen ihre Brüste hatten? Vor seinem inneren Auge sah er plötzlich, wie die Brüste schnell wuchsen und immer größer wurden, bis der BH, den er im Augenblick trug, diese nicht mehr halten konnte. Jetzt stieg Panik in ihm auf. Dies war nicht mehr nur ein Gedankenspiel, etwas das jederzeit abzubrechen oder rückgängig zu machen wäre, Vertrag hin oder her. Sein Körper veränderte sich! Ihm wuchsen Brüste! In seiner Panik sah er plötzlich, wie sein Penis kleiner und kleiner wurde und schließlich ganz verschwunden war, wie in seinem Höschen nichts mehr war als eine Spalte …

Er konnte es nicht fassen! Wie sollte das geschehen sein: Wie waren die Hormone, die andere in Form von Pillen oder gar Injektionen nehmen müssen, in seinen Körper gelangt?

Er versuchte sich vorzustellen, dass im Castle irgendjemand Hormonpillen in Speisen und Getränke mischte, die nur ihm vorgesetzt wurden. Aber wer sollte das sein? … Tom? Quasimodo? … Bei ersterem schien es ihm kaum denkbar, auf letzteren hatte es keine weiteren Hinweise gegeben.

Nein, es war viel wahrscheinlicher, dass Eva … noch wahrscheinlicher, dass diese entsetzliche Beate etwas ausgeheckt hatte – und das wirkte offenbar noch fort. Auch wenn die Ärztin keine technische Erklärung hatte liefern können, wie das möglich sein sollte – oder *wollte* sie nicht, bevor sie nicht seine Blutwerte angesehen hatte? –, so war es Beate durchaus zuzutrauen, dass sie mit ihren Verbindungen in die ‚Szene‘ auf irgendwelche illegalen Möglichkeiten gestoßen war. Und wie er sie kennengelernt hatte, hatte sie *bestimmt* keine Skrupel gehabt, es an ihm auszuprobieren!

Er würde mit Eva Kontakt aufnehmen müssen.

In seinem Zimmer kramte er sein Handy aus der Tasche, die er an jenem Morgen, als er zu Paul und Edith in ihr Haus gekommen war, dabei gehabt hatte. Er hatte es seitdem nicht mehr benutzt, der Akku war inzwischen leer, das Handy vollkommen ausgeschaltet.

Er schloss es mit dem Ladekabel an den Strom an und gab dann seinen Sicherheitscode ein. Wenige Sekunden später zeigten entsprechende Töne an, dass er eine ganze Reihe von SMSsen, WhatsApps und andere Nachrichten erhalten hatte, alle aus seinem ‚alten Leben‘.

Auch von Eva waren mehrere WhatsApps dabei. Er öffnete sie nur zögernd. Eva hatte einige Tage gebraucht, um sich zu ihrer ersten Nachricht zu entschließen. Dann hatte sie gefragt, wo er abgeblieben sei und wie es ihm gehe. Schließlich hatte sie kommentiert, dass er die Nachrichten nicht las und hatte es endlich aufgegeben. Ihre letzte Nachricht klang eher unwillig. Sie wünschte ihn nicht gerade zum Teufel, aber offenbar interpretierte sie die Tatsache, dass er ihre Nachrichten nicht gelesen hatte, als endgültigen Bruch mit ihr – ohne zu berücksichtigen, dass immerhin *sie* es gewesen war, die ihn zu Paul geschickt hatte, dass er damit *ihre* Firma hatte retten sollen. Dass er möglicherweise in einer Situation sein könnte, in der ihm das Handy gar nicht mehr zur Verfügung stand, schien ihr nicht in den Sinn gekommen zu sein.

Es tat ihm nicht gut, diese Nachrichten zu lesen und damit mit seinem alten Leben konfrontiert zu werden. Aber es musste sein.

Er besann sich und schrieb seine erste Nachricht:

„Hallo Eva!"

Wenige Sekunden später wurde angezeigt, dass Eva *online* war und dass sie eine Nachricht zu schreiben begonnen hatte. Unmittelbar darauf erschien auf seinem Display:

„Hallo.“

Keine Anrede, kein Ausrufungszeichen, kein Emoji, wie sie es eigentlich liebte.

Sollte er nun gleich mit der Tür ins Haus fallen? Das wollte er nicht.

„Wie geht es dir?“

Keine besonders geschickte Frage und wahrscheinlich nicht einfach zu beantworten, aber hier in England war es schließlich eine ganz normale Höflichkeitsfloskel, mit der man gewöhnlich ein Gespräch eröffnete. Vielleicht verstand sie es ja auch so.

Das tat sie nicht.

„Wie wird es mir wohl gehen? Wie *soll* es mir denn gehen?“

Darauf wollte er nicht eingehen. Er wollte auf keinen Fall auch noch mit ihren Problemen belastet werden, nicht nach allem, was er als ‚Marie‘ in seinem eigenen Haus hatte erleben müssen. Stattdessen wollte er so schnell wie möglich zum Thema kommen.

„Ich habe das Handy nicht mehr in der Hand gehabt, seitdem ich zu Paul und Edith gegangen bin.“

Postwendend:

„Das habe ich gesehen. Haben sie dich nicht gelassen?“

Das war immerhin schon fast mitfühlend.

„Nein, es war einfach nicht angesagt.“

„?“

„Hier benutzt keiner ein Handy und ich musste mich erst einmal einleben."

„Aha. Fein."

Alex hörte geradezu den Sarkasmus in diesen beiden, kurzen Wörtern. Aber er wollte sich auch darauf nicht einlassen, wollte nun endlich zur Sache kommen.

„Es ist etwas Seltsames passiert. Dazu möchte ich Dich etwas fragen."

Eine Minute lang nichts. Dann:

„Was ist denn passiert?"

„Ich bin krank geworden, oder vielmehr: ich habe Beschwerden. Der Ärztin zufolge könnte das damit zusammenhängen …"

– mein Gott, sollte er das wirklich schreiben? Würde Eva ihn nicht auslachen oder ihn auf ewig aus dem Haus und einem gemeinsamen Leben … aber wollte er das überhaupt noch? … Er gab sich einen Ruck:

„… dass mir auf irgendeine unerklärliche Weise Hormone zugeführt werden."

Postwendend:

„Hormone? *Weibliche* Hormone? Östrogene?"

„Ja."

Ein lachendes Emoji. Amüsierte sie sich?

„Amüsiert dich das?"

„Irgendwie schon."

„Mich nicht."

„Aber passt das nicht? Trägst du nicht immernoch ein Röckchen? Ich dachte, Paul wollte ausdrücklich *Marie*."

„Was ich nicht verstehe, ist, wo diese Hormone herkommen."

Eine Minute lang nichts. Dann:

„Irgendwer wird sie dir geben. Wenn du sie nicht selbst nimmst. Wahrscheinlich Paul."

„Das ist das Überraschende: Es ist nicht vorstellbar, dass irgendwer *von hier* sie mir geben könnte."

„Wieso? Vielleicht wollen sie dich behalten, als Sekretärin, als Dienstmädchen, als …"

Der Ton gefiel Alex nicht. Eva schrieb gleich weiter:

„Vielleicht war das ja von Anfang an ihr Plan. Oder fandest du es nicht eigenartig, dass sie dich ausdrücklich *in Kleidern* haben wollten?"

„Das ist ausgeschlossen."

„Wie kannst du dir da so sicher sein?"

„Weil ich Paul und Edith inzwischen gut kenne."

„Gut genug?"

„Es kann niemand von hier gewesen sein!"

„Wer sollte es denn sonst gewesen sein. Etwas *ich*?" Emoji mit großen Augen.

„Warum nicht? In den letzten Tagen, in denen ich zu Hause war, hast du mich *einigemale* überrascht!"

„Und deshalb soll ich dir Hormone verabreicht haben?" Drei Emojis mit großen Augen.

„Du hast einiges gemacht, was ich nicht von dir gedacht hätte. Zum Beispiel, dass du Beate eingeladen hast."

„War das nicht eine gute Idee?" Grinsendes Emoji. „*Ich* fand das eine gute Idee!" Lachendes Emoji.

„Vielleicht war *sie* es ja auch, die mir die Hormone verabreicht hat."

Erschrockenes Emoji. Grinsendes Emoji.

„Ihr würde ich es noch eher zutrauen als dir."

Augenzwinkerndes Emoji.

„Sie war doch völlig skrupellos!"

„Was heißt denn skrupellos?!"

„Das muss ich ja wohl nicht näher erklären. Ich sage nur: Bierzelt."

Grinsendes Emoji.

„Also, war sie es?"

Grinsendes Emoji.

„Ich interpretiere das als ‚Ja'."

Grinsendes Emoji. Dann: „Interpretier's, wie du willst."

„Eva, ich muss das wissen!"

Emoji mit Sonnenbrille.

„Ich muss wissen, *wie* sie es gemacht hat!"

Kurze Pause. Dann Emoji mit Sonnenbrille, augenzwinkerndes Emoji.

„Das ist nicht lustig!!!"

Eine Minute lang keine Antwort.

„Hallo?!?"

Nichts.

„Ich habe ernsthafte Beschwerden!!!"

Keine Antwort. Aber es war zu sehen, dass sie weiterhin *online* war.

„Eva, das ist wirklich kein Spaß mehr! Mein Körper verändert sich, kannst du dir das vorstellen? Und mir geht's dreckig!"

„Dein Körper verändert sich?"

„Ja, natürlich. Er bekommt ja Hormone, die da nicht hingehören."

„Wie?"

„Was: wie?"

„Wie verändert er sich? Wachsen dir Titten?"

Alex wollte auf diese Details nicht eingehen. Wer wusste schon, wie sie reagieren würde.

„Das tut doch nichts zur Sache."

„Doch, sag schon! Wachsen dir Brüste? Bekommst du schönere, vollere Haare? Weichere Haut? Schönere Beine? Hat dein Bartwuchs aufgehört?"

„Mir tut vor allem alles Mögliche weh!"

„Was zum Beispiel?"

„Mein Unterleib. Meine Beine. Der Rücken. Der Kopf."

„Der Unterleib?"

Alex hatte gewusst, dass sie das nicht unkommentiert lassen konnte.

Emoji mit großen Augen. „Wächst dir eine Gebärmutter?"

„Quatsch!"

„Ist dir dein kleiner Pillermann denn schon abgefallen?"

„Eva!!! Das ist *wirklich* nicht lustig! Ich habe vor allem Schmerzen, kann mich kaum auf den Beinen halten, und wir können nichts dagegen tun, wenn wir nicht wissen, was das für ein Präparat ist."

Pause. Sie dehnte sich, als würde Eva überlegen.

Dann kam es! Alex sah, dass Eva schrieb, länger als sonst. Das Schreiben schien gar kein Ende nehmen zu wollen, und als er die Nachricht bekam, war das ganze Display seines Handys voll mit ihrer Schrift, er musste scrollen, um alles lesen zu können:

„Ihr werdet auch nichts dagegen tun können, wenn ihr wisst, was es für ein Präparat ist. Das Präparat ist hier nicht bekannt. Beate hat es aus den USA mitgebracht. Die hiesige Medizin kennt es nicht. Du wirst es nie wieder loswerden, meine kleine Schlampe! Du wirst zugucken können, wie sich dein Körper verändert, und dies ziemlich schnell, und Du wirst nichts dagegen tun können! NICHTS! Das hat Beate sich so ausgedacht. Sie hat dieses Mittel in den USA kennengelernt, da gibt es Dutzende von Frauen, die ihre Ehemänner damit feminisieren. Nicht nur ein bisschen, so ein paar Hormone. Sondern RICHTIG. Und wie gesagt: ungewöhnlich schnell. Wenn du die Auswirkungen jetzt schon spürst, heißt das, dass du sie in ein paar Tagen, spätestens Wochen auch schon wirst sehen können. Ich fand die Idee faszinierend, aus Dir eine echte, scharfe Frau zu machen, also einen richtigen Frauenkörper, aber mit dem einen Detail, das wir Dir lassen wollten, wenn auch nicht in voller Größe. ER wird dir nicht gleich abfallen, sei unbesorgt. Aber ich wollte dich als mein Dienstmädchen und später vielleicht auch … na ja, das Geld hätte ja auch irgendwie wieder hereinkommen müssen, das ich – trotz Freundschaftspreis – dafür habe hinblättern müssen. Es gibt auch hier bei uns einen Markt für solche ‚Schwanzmädchen' und da lässt sich viel Geld verdienen! Du wirst schon bald ein Pornostar sein!"

Alex war sprachlos. Er nahm das Haustelefon und wählte die Nummer von Edith. Als hätte sie darauf gewartet, ging sie sofort dran.

„Du musst schnell herüber kommen!"

Edith stand ein paar Sekunden später in seinem Zimmer. Wortlos reichte Alex ihr das Handy. Edith überflog den Text, dann hielt sie es in die Höhe und fragte: „Darf ich?"

Alex nickte.

Sie tippte in die Tastatur:

„Das glaube ich dir nicht."

Postwendend:

„Warum nicht?"

„Netter Scherz, aber soetwas gibt es nur im Film. So ein Mittel. Und dann das mit der Feminisierung. Das gibt es nur auf irgendwelchen Porno-Websites, aber nicht in Wirklichkeit."

„Du irrst Dich, mein kleines Schwanzmädchen! Soetwas gibt es auch in der Realität. Du erlebst es ja gerade!" Emoji mit Sonnenbrille. Emoji mit breitem Grinsen. „Dein ehemals männlicher Körper verwandelt sich in den einer Frau, glaub' mir!" Emoji mit Barbie-Puppe. „Einer *heißen* Frau! Und es gibt nichts, was Du dagegen tun kannst." Tränenlachendes Emoji.

Edith hob die Augenbrauen. Tippte weiter:

„Du hast aber etwas Entscheidendes vergessen."

„Was?"

„Wenn Beate mir das Mittel vor zwei Wochen verabreicht haben soll – warum wirkt es dann immernoch? Warum habe ich erst jetzt diese Beschwerden?"

In seiner Erregung wäre Alex darauf natürlich gar nicht gekommen.

„Weil das ja gerade zu dem neuartigen Präparat dazugehört."

Fragendes Emoji.

„Nicht allein das Mittel ist neu und unserer Medizin un-
bekannt."

„Sondern?"

„Sondern auch die Art, wie es verabreicht wird."

Edith tippte ein Fragendes Emoji ein.

„Es ist eine winzigkleine Kapsel. Wir mussten sie in deine
Marmelade mischen, die du morgens zum Frühstück isst.
Für dich muss sie sich angefühlt haben wie ein kleines
Stück von einem Kirschkern. Ich wusste, dass Du solche
Stücke nicht ausspuckst, sondern einfach herunter-
schluckst. So wie Du ja auch Weintraubenkerne herunter-
schluckst."

„Und?"

„Diese kleine Kapsel hat sich dann ganz brav in deine Magenschleimhaut eingefressen."

Nächste Nachricht:

„Dort sitzt sie noch und löst sich ganz, ganz langsam auf."

Nächste Nachricht:

„Inzwischen sind es sogar mehrere, die sich immer tiefer
in die Magenschleimhaut und was sie sonst noch errei-
chen können einfressen."

Nächste Nachricht:

„Und während sich diese kleinen Kapseln langsam auflö-
sen, geben sie die Hormone ab, über einen Zeitraum von
etwa drei oder vier Monaten."

Nächste Nachricht:

„Am Ende dieser Zeit wird der Prozess, der durch das neuartige Mittel besonders schnell voranschreitet, so weit fortgeschritten sein, dass er unumkehrbar ist, und vor allem: du wirst bereits eindeutig eine Frau sein. Mit allem, was dazugehört. Okay: Fast allem. Wir wollen ja nicht unsere Geschäftsgrundlage zerstören." Lachende Emoji.

Grinsendes Emoji.

Nächste Nachricht:

„Wahrscheinlich – zu meinem und Beas Leidwesen – noch nicht Größe D, aber B wirst du dann schon tragen können, vielleicht auch C, man kann ja nachhelfen, wie du weißt."

Drei grinsende Emojis.

Nächste Nachricht:

„Du bzw. Marie mit D – das wäre echt der *burner*!!!"

Eine ganze Reihe grinsender Emojis.

Nächste Nachricht:

„Und eine schöne Wespentaille wirst du auch bekommen – und einen fetten Arsch! Wie es sich für eine richtige Schlampe gehört, die nur das Eine will! Auch das ist neu an diesem Präparat, das macht es besonders gern: einen fetten Arsch!"

Drei lachende Emojis mit Tränen in den Augen.

Als Eva eine Pause machte, tippte Edith weiter:

„Und wie heißt das Präparat?"

Drei grinsende Emojis.

„Sag schon!"

Drei lachende Emojis.

„Bitte."

Drei lachende Emojis mit Tränen in den Augen.

„Eva, bitte!!!"

„Du wirst doch nicht unser Kunstwerk zerstören wollen! Das war Beas ganz besonderer Coup!"

„Eva, ich brauche den Namen des Präparats!"

„Wieso? Um etwas dagegen zu unternehmen? *Wollen* wir das denn?"

„Eva, mir geht es wirklich dreckig! Mein Körper verträgt das Präparat und die vielen Hormone nicht, vielleicht ist die Dosierung viel zu hoch!"

Stille.

„Eva! Den Namen!"

Stille.

„Ich bin krank!!!"

Stille. Dann:

„Ich weiß ihn selbst nicht."

„Aber Beate weiß es!"

„Schon möglich."

„Sie *muss* es wissen. Oder sie weiß, wer es weiß."

Stille.

„Frag sie!"

Keine Antwort.

„Bitte!"

Keine Antwort.

„Eva, bitte frag' sie!!!"

Stille. Keine Antwort. Und dabei blieb es.

Konsequenzen

Edith hatte Paul hinzugezogen. Er war sich sicher, dass man sowohl Eva als auch diese Beate rechtlich belangen könnte. Das war schließlich Körperverletzung, was sie hier getan hatten. Damit würde man sie auch dazu zwingen können, den Namen des Präparats herauszurücken, wenn sie ihn nicht freiwillig nennen wollten, sagte er. Auch wenn dieses illegal sein sollte, würde man dann dagegen etwas unternehmen können.

„Aber das würde Monate dauern, oder nicht?"

„Man könnte versuchen, eine einstweilige Verfügung zu erwirken. Aber warum sollten sie sich wehren, da doch nun alles aufgeflogen ist und sie keinen Nutzen aus deiner Verwandlung mehr ziehen können?"

„Wenn stimmt, was Eva geschrieben hat, und sich dieses Ding, das sich sogar noch geteilt haben könnte, wirklich in meine Magenschleimhaut eingefressen hat, könnte man dieses doch höchstens operativ entfernen!"

„Vermutlich."

„Und wenn diese Teile wirklich so mikroskopisch klein sind, dürfte das ausgesprochen schwierig werden."

Paul nickte. „Allerdings glaube ich, dass das mit dem ‚mikroskopisch klein' ziemlich übertrieben ist. Sie hat doch etwas von ‚Teile eines Kirschkerns' gesagt. Wenn du sie im Mund hättest spüren können, können sie nicht *ganz* so klein gewesen sein, wie sich das anhörte."

Edith sah Alex mitleidig an.

Wieder spürte er Panik in sich aufsteigen. Was hatte Eva geschrieben: einen Busen in Körbchengröße B oder sogar C? Schon allein diesen Begriff ‚Körbchengröße‘ fand er entwürdigend. Dass es für ihn nicht D sein sollte, war absolut kein Trost für ihn! Wie hatte sie nur soetwas glauben können?!?

„Andererseits", nahm Edith den Faden wieder auf, „werden inzwischen Herzoperationen an Frühgeburten und sogar Föten durchgeführt. Da geht es um Nähte, die nicht einmal einen Millimeter groß sind. Wenn ein Kardiologe soetwas hinbekommt, sollte der Gastroenterologe das wohl auch können, meine ich." Sie versuchte, ihrer Stimme einen möglichst zuversichtlichen Klang zu geben.

Alex starrte vor sich hin, spürte in sich hinein, in seinen Körper – der nun buchstäblich auf dem Weg war, kein verkleideter Männerkörper mehr zu sein, in dem vielmehr gerade alles Mögliche wild durcheinander ging auf dem Weg zu einem Frauenkörper. Wenn sich nicht *schnell* etwas tat, würde er schon bald keinen Männerkörper mehr haben!

Konnte denn das wahr sein!? Konnte das wirklich passieren, hier und jetzt? Kein Alptraum? Und geschah dies wirklich *ihm*, nicht in irgendeinem surrealen Film?

Er sah an sich hinab, sah die Leggins und die unverkennbar weiblichen, leichten Segeltuchschuhe, sah das T-Shirt und darunter die leichten Wölbungen, die der BH mit den kleinen Silikoneinlagen erzeugten, zurückhaltend, stilvoll, aber deutlich. Eine eindeutig weibliche Note in diesem eindeutig weiblichen Outfit. Bisher war all dies nur Kostüm gewesen, nur für die Bühne und seine Rolle gedacht und ohne Konsequenzen für sein wirkliches Leben, das er danach aufgrund des verdienten Gelds sorgenfrei würde weiterführen können. An diesem Bewusstsein hatten sie ja lange und intensiv genug gearbeitet. Jetzt aber gerieten auch diese Grenzen ins Wanken – wie schon so vieles Andere zuvor! Es schien immer *noch* einen Schritt weiter zu gehen: Nun begannen sich eigentliches und vorgetäuschtes Leben zu vermischen. Wenn nichts dagegen unternommen wurde, würden diese Wölbungen auf seiner Brust bald größer werden und vor allem *echt* sein, es würden echte *Brüste* daraus werden mit breitem Hof und echten, vergrößerten Brustwarzen! Er würde keine Pölsterchen mehr brauchen, um etwas vorzutäuschen, was nicht da war! Wenn er weiter in dieser Rolle blieb, würde der Bräutigam Tom einen wirklich weiblichen Körper für die Hochzeitsnacht haben, mit einem berauschenden Dekolletee, einer Wespentaille und einem ‚fetten Hintern‘, wie Eva sich so feinfühlig ausgedrückt hatte, auf dem es sich lohnte, hin und wieder einen mehr oder weniger dosierten Klapps zu platzieren!

Wenn nichts dagegen unternommen wurde.

Aus seiner Verwirrung und Lähmung trat dieser Satz immer deutlicher hervor: Man muss etwas unternehmen! In jedem Augenblick geht die Entwicklung weiter! Man darf dieser Entwicklung nicht einfach ihren Lauf lassen! Nicht einfach ‚abwarten und Tee trinken‘! Wenn man zögert und wartet, wird es schon bald keinen ‚Alex‘ mehr geben, nur noch eine ‚Marie‘ oder, wiederum in Evas Worten, eine „richtige Schlampe“!

Er räusperte sich. Augenblicklich galt die ganze Aufmerksamkeit ihm. „Also, was machen wir?“ Er sah Edith und Paul an. Inzwischen waren auch die Grazien zur Krisensitzung in seinem Zimmer erschienen. „Wir können das Ganze ja nicht einfach so laufen lassen. Wir müssen irgendetwas dagegen unternehmen! Und zwar schnell!“ Die Panik in seiner Stimme war nicht zu überhören.

Paul nickte. „Das werden wir", sagte er bestimmt. „Ich werde gleich morgen auf den Kontinent fliegen und dort nicht nur Helmut den Fall übertragen und ihn damit beauftragen, die entsprechenden Ermittlungen in Gang zu setzen und Anklagen vorzubereiten. Sondern ich werde auch Kontakt mit sämtlichen medizinischen Spezialisten aufnehmen, die ich erwischen kann, um zu klären, was wann und wie medizinisch getan werden kann. Mach dir keine Sorgen, Alex" – er legte ihm die Hand auf die Schulter – „wir werden eine Lösung finden!"

Nun räusperte sich auch Edith. Sie machte den Eindruck, als wenn sie sich nicht recht wohl fühlte, bei dem, was sie sagen wollte. „Das ist alles richtig und wichtig. Das ist natürlich keine Frage." Sie sah Alex intensiv an. „Aber gleichzeitig dürfen wir nicht vergessen, dass es weiterhin eine Aufgabe gibt, die wir erfüllen müssen, wir alle. Wir müssen wieder so weit zu unserem Alltag zurückkehren, dass für Tom alles beim Alten bleibt."

Alle außer Alex nickten verständnisvoll.

„Und das bedeutet auch, dass Marie weiterhin Marie ist." Sie lächelte Alex an. „Marie ist gerade ‚unpässlich', so werden wir es ihm sagen, aber das ist ja völlig in Ordnung, das haben Frauen schon einmal. Nichts Besonderes also. Sollte dir, liebe Marie, nach einer Auszeit sein, so werden wir dich in jeder Hinsicht unterstützen. Aber wir müssen auch an Tom denken, und deshalb müssen wir darauf bestehen, dass du in deiner Rolle als Marie bleibst. Selbst wenn du, sagen wir, eine Woche in die *Highlands* verschwinden willst – oder irgendwann vielleicht eine Reise nach Amerika nötig ist, um die OP durchzuführen. Auch dann wäre die Geschichte für dich und für uns alle nicht zu Ende. Du müsstest wiederkommen und deine Rolle weiterspielen."

Alex überlegte einen Augenblick. Aus der spontanen Empörung schälte sich ein Bild heraus: eine Woche in den *Highlands*. Ein weiteres Bild: eine OP in den USA … Normalerweise wären die *Highlands* und die USA eine verlockende Vorstellung gewesen. Aber in der jetzigen Situation würde er in den *Highlands* wahrscheinlich wahnsinnig werden vor Sorge, dass sich herausstellen könnte, dass eben *nichts* zu machen war gegen das teuflische Mittel, das diese Beate aus den USA angeschleppt und in ihn eingepflanzt hatte. Oder der Sorge, dass er nicht erreichbar sein könnte, wenn sich herausstellen sollte, dass man eben doch etwas tun konnte, aber möglichst *schnell* sein musste. „Ich glaube," sagte er deshalb nach kurzer Bedenkzeit, „dass ich unter diesen Umständen zunächst einmal nirgendwo besser aufgehoben sein werde als hier." Er lächelte in die Runde. „Das wäre vielleicht etwas anderes, wenn ich nicht mehr Marie spielen würde. Aber wo immer ich sein werde: diese kleinen Kapseln in meiner Magenschleimhaut werden weiter ihre Wirkung tun und ich wäre gern sofort verfügbar, wenn Paul eine Lösung gefunden hat und ich vielleicht in irgendeine Klinik fliegen kann, um mir diese Dinger aus meinen Eingeweiden entfernen zu lassen. Am liebsten würde ich mitfliegen auf den Kontinent."

Er sah Paul an, aber der schien das für keine gute Idee zu halten.

Alex erhob sich – spürte aber im selben Augenblick, dass seine ‚Unpässlichkeit' keineswegs vorüber war. Doch schon stand Martha neben ihm. „Dann werden wir dir helfen, liebste Marie, mit dieser Art von Unpässlichkeit kennen wir uns ja schließlich aus." Und zu den anderen gewandt fügte sie hinzu: „Morgen, spätestens übermorgen wird Marie wieder ganz die alte sein, das verspreche ich!"

Es dauerte doch noch die folgenden beiden Tage, bis Marie wieder nahezu vollständig hergestellt war. Die Rekonvaleszenz wurde möglicherweise dadurch erschwert, dass Alex sich ständig vor Augen führte – und es ja auch zu spüren meinte –, dass sich in seinem Körper die Freisetzung der weiblichen Hormone und damit der Prozess der Umstellung seiner eigenen, männlichen Hormone ständig fortsetzte. Zwischenzeitlich geriet er regelrecht in Stress, da er meinte, unbedingt *jetzt*, ganz schnell etwas tun zu müssen. Dabei kamen ihm Bilder in den Kopf von dem, was gerade in seinem Inneren geschah: wie sich unter seinen Nippeln Fett ansammelte, ein Busen wuchs und die Brustwarzen sich unaufhaltsam vergrößerten; wie sein Penis stetig kleiner wurde (einige Male überprüfte er dies sogar durch einen ängstlichen Blick in sein Höschen), wie die Taille schmaler und Hüfte und Oberschenkel breiter wurden, wie sich seine Muskeln an Armen und Beinen zurückentwickelten und Haarwachstum und Hautveränderungen ihn bald endgültig zu einer Frau machen würden.

Selbstverständlich brachte all der Stress nichts. Paul war am Morgen des ersten Tags nach Deutschland geflogen. Zu diesem Zeitpunkt hatten die Räder wahrscheinlich bereits zu rollen begonnen, aber Ergebnisse waren noch nicht zu erwarten. Alex musste sich in Geduld üben – und in dieser Zeit seine Rolle als Marie weiterspielen.

Martha und Maria halfen ihm dabei nach Kräften. Es war ein regelrechtes Wellness-Programm, das sie Marie boten, mit Saunagängen, Bädern und Massagen, mit kosmetischen Behandlungen, Hand- und Fußpflege, Hautbehandlungen, der Verwendung von Salben und Düften – einfach allem, was dazu beitragen konnte, dass Marie trotz ihres Unwohlseins das Leben als Frau wenigstens ein bisschen genießen konnte. Anfangs machte ihm das mehr Angst, als dass es ihm gutgetan hätte, und er war nicht nur einmal nahe davor gewesen, gereizt auf die vielen guten Angebote und Taten der Grazien zu reagieren. Schließlich brauchte es nicht zuletzt durchaus Kraft, den Gedanken aktiv zu unterdrücken, hier die Zelte abzubrechen und möglichst umgehend in ein Leben in seiner früheren Welt und damit als Mann zurückzukehren. Aber ganz langsam gelang es ihm, sich in die liebevolle Pflege hineinfallen zu lassen und sich zu entspannen – auch weil er zwischendurch die Erfahrung machen konnte, dass sein Penis durchaus noch voll funktionstüchtig war und den Namen ‚Lustspender‘ nach wie vor verdiente. Dafür jedenfalls sorgten Martha und Maria. Und er war durchaus nicht so deprimiert, dass die gute alte Methode des ‚Druck-Ablassens‘ nicht ihre Wirkung entfalten konnte. Irgendwann am zweiten Tag näherte er sich der Erkenntnis, dass nicht alles verloren war, solange dies so blieb.

Zugleich geschah allerdings auch noch etwas anderes. Martha und Maria umsorgten ihn in einer Weise, dass Alex langsam klar wurde, dass sie, mit Ausnahme des einen Details, *Marie* mindestens ebenso sehr, wenn nicht mehr liebten und begehrten als *Alex*. Sie liebten die Anmut einer schönen Frau, sie begehrten einen schlanken, sorgsam gepflegten, mit Rundungen statt mit Muskeln ausgestatteten, weiblichen Körper. Körperbehaarung nahmen sie bei einem attraktiven Mann und an ausgewählten Stellen auch bei einer Frau in Kauf – aber nur eine haarlose, weiche, gepflegte Haut, die dezent nach Salbe oder Parfum duftete und in geschmackvollen, seidenen oder spitzenbesetzten Dessous steckte, brachte sie in Ekstase. Es war unbestreitbar einer der Höhepunkte ihres Liebesspiels mit einem Mann, wenn sie seinen lebendig pulsierenden Stab in sich spürten, und sie konnten sich auch an einem gut gebauten Männerkörper begeistern. Aber hätten sie sich entscheiden müssen, dann hätten sie sich zweifellos für die lesbische Liebe entschieden. Aus diesem Grund ließen sie es Alex immer wieder spüren, dass die Aussicht, dass sein Körper *noch* weiblicher würde, *noch* sanftere Rundungen bekäme und *noch* weichere Haut, für sie die Erfüllung ihrer erlesenen Träume wäre. Zum ersten Mal tauchte in diesen Tagen ihre – sehr zurückhaltend formulierte – Fantasie auf, dass Marie sie nach Erfüllung ihrer Aufgabe hier im Castle nach Atlanta begleiten könnte, um dort ein Leben zu führen, von dem sich Alex noch gar keine rechte Vorstellung machen konnte.

Der Tag, an dem Marie wieder beim Frühstück im Speisezimmer erscheinen konnte, war ein Donnerstag, der zweite, den sie nun hier verbrachte. Wie üblich war die Tafel festlich gedeckt, ein großes Gesteck frischer Blumen stand darauf, und Alex empfand es fast so, als wäre dies ein Willkommensgruß für Marie, die aus ihrer ‚Matratzengruft' zurückkehrte. Ganz besonders Tom, der regelmäßig kleine Aufmerksamkeiten in ihr Zimmer hatte schicken lassen, schien sich zu freuen und kümmerte sich hingebungsvoll um sie. Dank der guten Pflege durch Martha und Maria erschien Marie besonders strahlend, und Tom wurde in seiner langsamen, intensiven Art nicht müde, ihre Schönheit zu bewundern.

Alex sah all die vertrauten Gesichter, sogar die der freundlich lächelnden Dienstboten, und die inzwischen vertraute Umgebung der Räume im Erdgeschoss des Castles, und konnte nicht umhin, sich klarzumachen, dass etwas Entscheidendes geschehen war: Dass er hier war und was er hier machte, war kein reiner Job mehr! Sein Aufenthalt im Schloss würde nun nicht rückgängig zu machende, körperliche und wahrscheinlich auch psychische Konsequenzen haben. Je länger es dauerte, bis Paul mit Ergebnissen vom Festland zurückkehrte, desto sicht- und spürbarer würden die Veränderungen sein, die sein Körper erfuhr. Es war nun definitiv: er würde nicht mehr als derselbe in sein Leben zurückkehren können, als der er hierher gekommen war – vielleicht nicht einmal als *der*selbe ...

Bevor er sich an diesem Morgen angekleidet hatte, hatte er lange vor dem Spiegel gestanden und sich betrachtet. Eva hatte geschrieben, dass das Präparat ganz neu sei und ungewöhnlich schnell wirke. Tatsächlich hatte er beim Blick in den Spiegel geglaubt, erkennen zu können, dass die Brustwarzen sich bereits vergrößert hatten und die Brüste sich schon ganz leicht vorwölbten. Und seine Taille war ihm noch nie so schmal, sein Hintern noch nie so prall vorgekommen! Er wusste, dass diese Veränderungen eigentlich nicht *so* schnell gehen konnten, egal wie neuartig das Präparat war, und dass sein Wissen und seine Sorgen seine Wahrnehmung wahrscheinlich beeinflussten. Aber trotzdem meinte er Veränderungen festzustellen.

Was ihn am meisten erstaunt hatte: Er hatte seine Hände auf die Haut um seine Brustwarzen gelegt und ganz sanft darüber gestreift. Dies konnte keine Täuschung sein: sie waren viel sensibler als sonst! Sie kribbelten leicht bei der Berührung, schienen sogar warm zu werden, so dass er den Bereich der ‚Brüste' ganz genau fühlen konnte. Als er sanft über die Brustwarzen strich, durchzuckte es ihn geradezu und er spürte es in seinem ganzen Körper. Die Berührung erregte ihn! Nicht nur seinen Schritt, sondern den *ganzen* Körper!

Es hieß ja immer: Die Lust des Mannes spiele sich hauptsächlich in seinem Lendenbereich ab, die der Frau aber umfasse den *gesamten* Körper. Konnte dies schon ein Vorbote der Veränderungen sein, die sein Körper nun durchmachen sollte? Nach gerade einmal zwei Wochen, die das Mittel in ihm nun seine Wirkung tat?

Wenn das wirklich so war – dann …

Er wusste nicht, was „dann".

War er jetzt vollkommen übergeschnappt? War er so leicht zu kaufen? Ein bisschen Erregung, und schon stellte er sich vor, wie es wäre, für immer und ganz eine Frau zu sein?!

Er hatte sich abrupt vom Spiegel abgewandt und verärgert mit dem Kopf geschüttelt. Aber ein ganz kleines Lächeln hatte er dennoch an sich selbst beobachtet.

Es war Alex sofort aufgefallen, als er wieder in den Speiseraum getreten war: Tom hatte sich verändert. Er musste jedoch genauer hinsehen, um benennen zu können, was ihn irritierte. Dann fiel ihm auf, dass Tom offenbar abgenommen hatte. Nicht viel, aber genug, um in seinem runden, stets lächelnden Gesicht die Wangenknochen hervortreten zu lassen. Und sein Haar schien schütterer geworden zu sein. Er sah nicht gut aus, fand Alex, und auch seine Bewegungen, die zunächst von Eifer und Beflissenheit in Schwung geraten waren, wurden langsamer, als sei Tom in den vergangenen Tagen um einige Jahre gealtert. Ja, er wirkte eindeutig älter, vor allem gebrechlicher.

Als sie später im Kaminzimmer zusammensaßen und Tee tranken – Tom hatte sich wie üblich nach dem Frühstück empfohlen –, nutzte Alex die Gelegenheit, als die anderen sich unterhielten, Edith nach Tom zu fragen. Diese nickte bekümmert.

„Ja", sagte sie, „es ist, wie es zu erwarten war. Offenbar steht ihm wieder ein Schub bevor oder er ist schon mittendrin."

„Was sagt Dr. Griffith?"

„Na ja, Du weißt ja, wie das ist mit den Prognosen der Ärzte: Im Grunde kann man nichts Genaues vorhersagen. Deine Ankunft hier und die Verlobung könnten Tom Auftrieb gegeben haben, so dass sich der nächste Schub verzögert hat, zumindest später eintritt, als Dr. Griffith geglaubt hatte. Du hast es ja am eigenen Leib erfahren, unter welchem Zeitdruck wir alles arrangiert haben, damit Tom seine Hochzeit noch erleben kann. Vielleicht beflügelt deine Gegenwart ihn noch weiter. Aber es kann auch sein, dass sein Körper nach der ersten Aufregung nun sein Recht einfordert und der Schub umso schwerer wird. Niemand weiß das genau."

Sie sahen bedrückt ins Feuer und überließen sich ihren Gedanken.

‚Wenn es stimmt', dachte Alex, ‚dass die Gegenwart von Marie und die Aussicht auf die Hochzeit ihm Aufwind gibt und den Fortgang der Krankheit verlangsamt, dann werde ich mir besondere Mühe geben, ihm eine gute …'

Er stockte.

Dann setzte er den Satz fort: ‚ihm eine gute Frau zu

sein! Wie konnte ich nur annehmen, dass er uns etwas vorspielt und alles nur Betrug ist! Und wie armselig von mir, dass ich immer nur an mich denke und an meine albernen Probleme!'

Nein, fand er dann aber, *albern* waren seine Probleme sicher nicht. Aber angesichts des langsamen Sterbens dieses liebenswürdigen Menschen relativierten sie sich zumindest ein wenig.

Dennis und Matilda, Olivia und Archie

Für den Abend hatte sich Besuch angesagt. „Dennis und Matilda sind von hier", erklärte Edith kurz bevor sie eintrafen. „Du hast sie bereits kennengelernt. Sie leben unten im Ort. Dennis hat eine ziemlich erfolgreiche Werkstatt als Kunstschreiner und sie haben zwei entzückende Kinder, Olivia, zweieinhalb, und Archie, der jetzt etwa sechs oder sieben Monate alt sein dürfte. Eine wunderbare, kleine Familie, die in einem Häuschen direkt am See lebt. Wahrscheinlich kann Archie noch nicht laufen, aber bestimmt schon schwimmen." Sie lachte.

Die vier erschienen mit einer kleinen Verspätung. Archie hatte kurzfristig noch einmal gestillt werden müssen.

Die kleine Olivia, die in einem hübschen Kleid steckte und in ihrem gold-blonden Haar eine große, echt englische Schleife trug, ging brav an der Hand von Dennis, während Matilda den friedlich schlafenden Archie auf dem Arm trug.

Die Begrüßung fiel sehr herzlich aus. Es war ganz offensichtlich, dass sich die Erwachsenen freuten, nach einer anstrengenden Phase nach der Geburt von Archie wieder einmal aus dem Haus zu kommen. Edith hatte sie ausdrücklich ermuntert, schließlich war das Castle groß genug und es gab genügend Menschen, in deren Armen Archie liegen konnte, während Matilda und Dennis in Ruhe aßen oder Kaffee tranken.

De facto ergab es sich dann, dass Archie nach dem Essen meist ausgerechnet auf Maries Armen lag, während sie alle gemütlich auf einem Sofa vor dem Kamin saßen!

Alex konnte es sich später nicht erklären, wie es dazu gekommen war, aber Archie schlief in seinen Armen beinahe den gesamten Abend hindurch, während die kleine Olivia Marie von den Abenteuern ihres noch kurzen, aber aufregenden Lebens erzählte.

Hin und wieder fing Alex Blicke von den beiden Grazien auf. Er wurde daraus nicht schlau. Amüsierten sie sich? War irgendetwas komisch an diesem Anblick? (*Sicher* war es das! Alex als junge Mutter oder zumindest Tante ...) Er war selbst überrascht über diese neue Rolle, war sich nicht sicher, ob er sich darin eigentlich wohlfühlte. Marie schien es wenigstens nicht zu stören. Allerdings hatte er wenig Zeit, sich darüber Gedanken zu machen, denn Olivia forderte ihre volle Aufmerksamkeit, erst recht, als sie aus dem Auto eine Puppe holen ließ und Marie auch deren Lebensgeschichte im Detail erzählte.

Beim Abschied ließ sich Olivia von Marie hochheben – sie streckte ihre Arme energisch aus und forderte „Arm!" – schlang ihr ihre kurzen Ärmchen um den Hals, gab ihr einen dicken Kuss und sagte: „Du bist fast so lieb wie meine Mama!" Dann wurde sie rot und verschwand ganz schnell in der etwas klapprigen Familienkutsche.

„Oh," stellte Matilda fest, „da hast du aber eine Eroberung gemacht! Es kommt nicht oft vor, dass Olivia so freigebig mit ihren Küssen ist. Respekt!"

Auch Dennis nickte erfreut, während er Marie die Hand gab, und bedankte sich ausdrücklich. „Wunderbar, dass wir wieder einmal einen ganzen Abend lang unsere beiden Arme benutzen und unsere Sätze zu Ende sprechen durften. Das ist, glaube ich, seit einem halben Jahr nicht mehr vorgekommen, wenn nicht noch länger. Du musst uns dringend einmal besuchen kommen!" Er lachte.

Und spontan war Marie gar nicht abgeneigt. Die kleine Olivia und der winzige Archie hatten irgendetwas in ihr berührt, das sie so vorher noch nie an sich erlebt hatte.

Es vergingen zwei, dann drei Tage, ohne dass eine Nachricht von Paul einen auch noch so kleinen Erfolg signalisiert hätte. Und Eva war inzwischen in ihrem Haus nicht mehr auffindbar und es war nicht klar, ob die Anschuldigungen für einen internationalen Haftbefehl ausreichen würden. Alex wurde immer unruhiger. Die Zeit verging viel zu schnell.

Dabei wurde er von einer Stimmung in die andere geworfen. Tiefe Depression und wachsende Verzweiflung wechselten ab mit einem seltsamen Optimismus. In manchen Augenblicken hatte er beinahe das Gefühl – mehr den Verdacht –, als würde er sich in seinem Unterbewusstsein mit der unverkennbaren Entwicklung seines Körpers und den daraus folgenden Konsequenzen arrangieren wollen, ja, als würde etwas in ihm sie sogar begrüßen! Er musste zugeben, dass sein Leben noch nie so angenehm und aufregend gewesen war. Die Sinnlichkeit und Erotik, die er in dieser Zeit erlebte, hatte es zuvor noch niemals gegeben, auch nicht ansatzweise. Er hatte sie nicht einmal für möglich gehalten. In den einschlägigen Kitsch-Serien im Fernsehen folgte auf den romantischen Beginn gewöhnlich zuerst eine Krise und dann, natürlich!, das *Happy End*. Aber nun war er selbst in dieser Situation, und die Aussicht, dass sein Körper sich zu dem einer Frau entwickelte – zu einer Frau unter den Bedingungen, die er hier im Castle vorfand! –, schreckte ihn manchmal nicht in dem Maß, das er eigentlich für angemessen gehalten hätte. Waren auch dies die Folgen der Hormone, die seinen Körper offensichtlich völlig durcheinanderbrachten? Wirkten sie sich auch auf seinen Geist und das Erleben seiner selbst aus?

Diese Frage führte wiederum zu einer Depression, die so abgrundtief war, dass er bereits über die beste Methode für ein Ende durch die eigene Hand nachdachte. Tabletten, dachte er, wären wahrscheinlich das schmerzloseste, und er fühlte eine schwarze Trauer in sich aufsteigen, die er selbst nicht einzuordnen wusste. Was genau betrauerte er hier eigentlich?

Die Tage vergingen zugleich viel zu schnell und quälend-langsam. Die Nachrichten von Paul blieben spärlich und ließen einen Durchbruch weiter vermissen. Fünf Tage, sechs Tage, eine ganze Woche! Inzwischen gab es immerhin einen Haftbefehl, mit dem Eva gesucht wurde, aber die Identität von Beate war noch immer ungeklärt.

Jeden Tag stand Alex vor dem Spiegel und besah und betastete seine Brust und seinen Po. Jeden Tag schien es ihm, als wenn die Höfe um seine Brustwarzen größer geworden wären und als wenn sich die Haut darunter mehr nach vorn wölbte. Er traute sich kaum, auf seine Hüften zu sehen in der Erwartung, dass sie immer breiter wurden, während die Taille sich verschmälerte. Bald konnte er nicht mehr unterscheiden, was real und was nur Einbildung war.

Glücklicherweise waren immer Martha und Maria zur Stelle, wenn er wieder in eine Depression zu rutschen drohte. Immer wieder trösteten sie ihn durch Zärtlichkeit und Sinnlichkeit, von denen Alex erkennen musste, dass er sie als Mann niemals kennengelernt hätte. Eine Erotik, die über den reinen Akt weit hinausging. Unverkennbar begannen die Orgasmen eine andere Qualität zu bekommen. Sie dauerten länger an. Er wurde von Schauern überlaufen und der Höhepunkt selbst durchzog immer größere Teile seines Körpers, die unkontrollierbar zuckten und wohlige Krämpfe auslösten. *Diese* Entwicklung war unverkennbar!

Aber nicht immer war er darüber froh. Schienen sie ihm doch ein Zeichen dafür zu sein, dass sich sein Körper tatsächlich bereits veränderte.

Eine Woche nachdem Dennis und Matilda mit den Kindern im Castle gewesen waren, kam schon am frühen Morgen ein Anruf von Matilda. Alex war gerade erst dabei, zum Frühstück zu gehen. Dazu hatte er diesmal einen schwingenden Rock gewählt sowie eine Bluse mit kleinen Blumenmotiven, Grundfarbe Grün – sehr britisch, wie er fand. Ihm war gerade danach, möglichst tief in dieser britischen Welt, einem Leben im Castle einzutauchen.

Matilda erkundigte sich zunächst, wie es Marie ging, ob sie sich von ihren Unpässlichkeiten wieder vollständig erholt hätte. Alex bestätigte dies. Dann kam Matilda zur Sache: Ihr Vater sei erkrankt. Sie und Dennis müssten möglichst sofort aufbrechen, um sich um ihn zu kümmern. Es war nicht sicher, ob ihn das Koma, in das er kurzzeitig gefallen war, nicht wieder einholte und ob das nicht vielleicht sein Ende bedeuten würde.

Sie wollten aber die Kinder nicht damit belasten, nicht mit der langen, schnellen Fahrt und auch nicht mit der Atmosphäre eines Hauses, in dem ein Mensch starb. Ob sich Marie, die sich doch so gut mit Olivia und Archie verstanden hatte, nicht vorstellen könne, für einen Tag auf die Kinder aufzupassen. Sie oder zumindest Dennis wollten am späten Abend zurück sein, wenn die Kinder längst wieder im Bett liegen würden. Sie wären ihr ausgesprochen dankbar, wenn Marie ihnen helfen würde, zumal die Kinder sich zweifellos freuen würden, den Tag mit ihr verbringen zu können.

Schon nachdem Matilda die ersten Worte gesagt hatte, war Alex bereit gewesen, ihnen zu helfen. Er kannte eine solche Situation, er hatte sie bei Freunden bereits mehrmals erlebt. Und er wusste auch, dass die Kinder mit dieser Situation nicht belastet werden sollten. Also sagte er zu.

Sie wisse, sprach Matilda weiter, dass das eine Zumutung sei, aber ob sie wohl möglichst bald kommen könne.

„Wenn ich auch bei Euch einen Happen zum Frühstück finden und einen Kaffee trinken kann, kann ich sofort kommen," antwortete Marie halb im Scherz.

Matilda ging darauf ein, Marie brach sofort auf.

Edith gab ihr den *Range Rover*, den sie selbst fahren sollte. Auf diese Weise hätte sie ein Auto zur Verfügung und sei unabhängig, der Navi würde sie überall hin führen.

Das kleine Haus stand tatsächlich direkt am See: ein altes Cottage, mit dicken Mauern und einem tiefgezogenen, reetgedeckten Dach, aber zweistöckig. Es war umgeben von einer großen, gepflegten Rasenfläche. Ein Steg führte weit ins Wasser des Sees hinein, an dessen Ende ein Ruderboot vertäut lag. Wäre der Anlass nicht so traurig gewesen, wäre Alex von der Romantik des Orts begeistert gewesen.

Es war Dennis und Matilda anzumerken, dass sie möglichst schnell aufbrechen wollten. Die Kinder waren bereits vorbereitet, Matilda hatte einen ‚Spieltag‘ mit ‚der lieben Tante Marie‘ angekündigt, und speziell die kleine Olivia freute sich sichtlich darauf.

Die Sachen, die Dennis und Matilda für ihre Fahrt benötigten, waren bereits im Auto, Matilda zeigte Marie die Küche und wo alles war, was sie brauchen würde – u.a. Wickeltisch und Windeln für Archie –, dann verabschiedeten sich die beiden von den Kindern und von Marie, und im nächsten Augenblick war Alex mit den Kindern allein.

Olivia ließ ihm jedoch keine Zeit, sich an die neue Situation zu gewöhnen. Sie wollte sofort mit ‚Tante Marie‘ spielen. Auch Archie schien sich über die Gegenwart der ‚Tante‘ zu freuen, jedenfalls ließ er sich ohne Protest auf den Arm nehmen, wo er einen großen Teil des Tags verbrachte, wenn er nicht in seinem Bettchen oder Kinderwagen lag und schlief.

Im Grunde musste Marie gar nicht viel tun. Olivia hatte einen unerschöpflichen Vorrat an Dingen, die sie ‚Tante Marie‘ unbedingt zeigen und erzählen wollte. Alex ließ dies erst einmal über sich ergehen. Er war sich nicht ganz sicher, wie er einen ganzen Tag auf diese Weise hinter sich bringen sollte, aber möglicherweise würde es sich auch von selbst ergeben, wenn er Olivia nur machen ließ. Jedenfalls gab die erste Stunde Anlass zu dieser Annahme.

Dennoch fühlte es sich seltsam an und wieder einmal fragte er sich, was er hier eigentlich tat. Wie eine echte Tagesmutter hütete er Kleinkinder, und Matilda war ganz selbstverständlich davon ausgegangen, dass Marie wusste, wie das geht. Einschließlich des Wickelns von Windeln. Nahmen Mädchen dieses Wissen mit der Muttermilch auf? Steckte es in ihren Genen? Warum fragte ihn keiner, ob er mit diesen Vorgängen eigentlich vertraut ist? Er spürte Unruhe in sich aufsteigen bei der

Vorstellung, dass ihm das Windeln-Wickeln unweigerlich bevorstand. Irgendwann würde Archies Windel voll sein und bevor das Kind von der netten ‚Tante Marie' ins Bettchen gebracht wurde, würde sie ihn erneut wickeln müssen!

Am späteren Vormittag wurde Archie unruhig. „Er braucht seine Flasche", konstatierte Olivia ganz selbstverständlich, „normalerweise bekommt er sie jetzt."

„Okay", antwortete Alex, „und weißt du vielleicht auch, wie das geht?" Er fand die Frage selbst seltsam, wenn er an sich herab- oder in den Spiegel schaute und darin eine junge Frau erblickte, die offensichtlich die einfachsten Dinge über die Versorgung von Kleinkindern nicht beherrschte.

Olivia fragte jedoch nicht nach, war stattdessen stolz darauf, ihr Wissen vorweisen zu können. Gemeinsam gingen sie in die Küche und Olivia zeigte Marie, wo sie alles finden würde. Dann machte sie selbst die Milch warm, prüfte fachkundig die Temperatur mit dem Finger und füllte sie in die kleine Flasche. Währenddessen lag Archie in Maries Armen, wusste offenbar bereits, was hier vorging, und wurde wieder ruhiger.

Schließlich reichte Olivia Marie das Fläschchen.

„Willst du das nicht machen?", fragte Alex das Mädchen in der Hoffnung, dass sie auch dies übernehmen würde. In seinem ganzen Leben hatte Alex noch niemals einem Kind die Flasche gegeben.

„Mama sagt, ich darf das nicht. Dazu bin ich noch zu klein."

„Aber ..." Alex bremste sich. Auch wenn er diese Aufgabe nicht gern selbst übernehmen wollte, wollte er nicht Matildas Erziehung untergraben, indem er Olivia etwas tun ließ, was ihr normalerweise verboten war.

Also drehte er Archie etwas in seinem Arm, so dass er in eine leicht sitzende Position kam, nahm von Olivia das Fläschchen entgegen und hielt es dem Jungen vor den Mund. Dieser schnappte sofort zu und begann begierig zu trinken.

„Mama macht das immer im Wohnzimmer", sagte Olivia. „Auf dem Sofa ist das viel bequemer, sagt sie, und für Archie ist es weniger Stress."

„Weniger Stress?"

„Weiß nicht", sagte Olivia, die offenbar nur ungern eine Wissenslücke zugab, und drehte sich um, um ins Wohnzimmer vorauszugehen. Sie strich auf dem Sofa eine Decke zurecht und bedeutete Marie, dass sie sich daraufsetzen sollte. Auf dem Tisch davor stand eine Pappschachtel mit Tüchern.

„Oh!", machte Olivia, als sie sah, wie Marie die Tücher anschaute, „wir haben das Handtuch vergessen."

Blitzschnell war sie in der Küche verschwunden und kam mit einem bunten Handtuch zurück. „Für das Bäuerchen", erklärte sie stolz und in der selbstverständlichen Annahme, dass ‚Tante Marie' wusste, was genau damit gemeint war.

Alex hatte plötzlich bildlich vor Augen, wie das Kind in seinem Armen blau anlief und dann die gesamte Milchration über Maries Kleidung spuckte. Würde eine Frau zu seinem solchen Anlass Kleidung zum Wechseln mitbringen? Aber Olivia sorgte bereits dafür, dass das Tuch auf Maries Schulter zu liegen kam, offenbar dem angestammten Platz für das ‚Bäuerchen'. Dabei hatte Alex das Gefühl, als würde Olivia jede Möglichkeit nutzen, um ‚Tante Marie' zu berühren.

„Du machst das aber schon sehr gut", lobte Marie das kleine Mädchen.

Olivia strahlte. „Ich will auch einmal so ein Baby haben. Bis dahin kann ich von Mama ja schon etwas lernen."

Alex versank ein wenig in dem, was er hier tat – oder vielmehr: geschehen ließ. Das Baby lag wie eine Puppe, allerdings warm und weich, in seinen Armen und nuckelte zufrieden an dem Fläschchen, das sich erstaunlich schnell leerte. Die Wärme des kleinen Körpers strahlte auf seinen eigenen Körper aus und veranlasste ihn, die kleinen Hände und das pausbackige Gesicht immer wieder zu berühren. Ein eigenartiges Gefühl durchfloss ihn.

Plötzlich spürte Alex die kleine Hand Olivias, die hinter ihm, hinter dem Sofa stand, in seinen Haaren. Überrascht schaute er sich um. Das Mädchen stand unmittelbar hinter ihm, die Hand noch erhoben, mit denen es gerade die Haare gestreichelt hatte. „Oh," sagte er und ihm fielen die *Extensions* und die kleinen Knoten ein, die Olivia vielleicht spüren würde, „damit musst du vorsichtig sein, die sind ..." Was sollte er sagen? ‚Nicht echt'? ‚Fallen leicht aus'? ‚Mach sie nicht kaputt'?

„Was sind sie?", fragte Olivia, als Marie stockte.

„Ach, weißt du, mit meinen Haaren bin ich ein bisschen empfindlich. Sie sind so dünn! Und manchmal gehen sie ... kaputt."

„Kaputt?" Olivia machte große Augen.

„Na ja, auch Haare können kaputt gehen, weißt du? Gerade die Haare von Frauen sind manchmal so dünn, dass sie ‚brechen' können, wie man das nennt."

„Aber deine", Olivia hob die Hand und streichelte über Maries Kopf, „sind doch gar nicht dünn. Aber sie sind sehr schön weich." Und sie streichelte noch einmal ganz vorsichtig darüber.

Es war seltsam, was bei dieser zarten Bewegung

durch eine Kinderhand in Alex geschah. Das Mädchen war so vorsichtig, ihr Körper wie der des Babys, das in seinem Arm lag, waren so glatt und rein, so unbefleckt und makellos, dass es Alex eigenartig berührte. Zugleich war es ihm fast peinlich, denn es schien ihm so, als wenn die Kinder in ihm eine echte Frau, einen vorübergehenden Ersatz für ihre Mutter sahen. Sie fühlten sich zur ‚Tante Marie' hingezogen, obwohl sich unter dieser Hülle in Wirklichkeit doch ein Mann verbarg! Spürten sie denn gar nicht, dass hier etwas nicht stimmte? Sagte man Kindern nicht einen geradezu animalischen, siebten Sinn nach, mit dem sie viele Dinge wahrnahmen, für deren Wahrnehmung Erwachsene viel zu stark durch Sozialisation und Kultur entfremdet waren? Dies schien hier allerdings nicht zuzutreffen. Beide Kinder sahen in ihm die ‚Tante', bei der sie sich wohlfühlten fast wie bei ihrer Mama.

Olivia hatte inzwischen neben ihm auf dem Sofa Platz genommen, mit einem Buch in der Hand, und kuschelte sich an ihn.

„Liest du mir etwas vor?"

„Aber jetzt müssen wir doch erst einmal Archie zu Ende füttern."

„Der macht doch gleich sein Bäuerchen und dann schläft er wieder ein."

„Dann müssen wir ihn aber doch erst ins Bettchen bringen, oder nicht?"

„Er schläft gern auf dem Arm. Du musst ihn nur gleich an deine Schulter auf das Handtuch legen, und dann schläft er weiter."

Tatsächlich war das Fläschchen inzwischen leer. Alex nahm Archie hoch, legte ihn an seine Schulter und schaukelte ihn ein bisschen hin und her, so wie er es bei jungen Müttern beobachtet hatte. Tatsächlich machte Archie umgehend sein Bäuerchen und schon war er wieder eingeschlafen.

„So, jetzt!", sagte Olivia.

„Nimm mir bitte erst das Tuch von der Schulter, Olivia."

Das Mädchen stand auf, nahm das Tuch, trug es in die Küche und kam schnell wieder.

Das Buch war ein Kinderbuch für das früheste Lesealter. Alex musste sich erst darauf einstellen, ein solch einfach geschriebenes Buch so vorzulesen, dass es für ein Kind unterhaltsam war. Doch es fiel ihm nicht schwer, und dann las er eine ganze Stunde lang vor, fünf, zehn Geschichten aus diesem und noch zwei weiteren Büchern. Olivia schien endlos solche Geschichten hören zu können. Sie lehnte still an Marie, legte irgendwann Maries Arm um sich und ihr eigenes Ärmchen um Maries Rücken, als wollte sie sie umarmen, und steckte instinktiv und ganz versunken einen Daumen in ihren Mund. Manchmal schien es Alex so, als wäre sie kurz vor dem Einschlafen, doch wenn er leiser wurde oder gar aufhörte, vorzulesen, bat Olivia sofort und offenbar hellwach, weiterzulesen.

Schließlich war es Zeit für das Mittagessen. Hierfür hatte Matilda Marie ganz konkrete Anweisungen hinterlassen. Wieder musste Archie mit einer Flasche gefüttert werden. Alex war dieser Vorgang nun schon vertraut, so dass er ihn durchführen konnte, ohne von Olivia angewiesen zu werden. Für diese und für ihn selbst stand eine fertige Mahlzeit im Kühlschrank, die brauchte er nur in zwei Töpfen warmzumachen. Dazu band er sich eine Schürze um, die in der Küche neben den Trockentüchern hing, und hantierte am Herd herum. Für Olivia schien das ein so normales Bild zu sein, dass auch Alex irgendwann in seiner Rolle als ‚Pflegemutter Marie' aufging, ohne dass er sich noch Gedanken machte oder sich wunderte.

Olivia aß brav am Tisch, auf ihrem hohen Kinderstuhl sitzend, während Archie friedlich in seinem Bettchen schlief. Marie und Olivia unterhielten sich. Das Mädchen war dazu übergegangen, sich Dinge erklären zu lassen: Ob es den Schafen nicht irgendwann langweilig würde, immer nur Gras zu fressen. Und den Kühen? Ob die Schafe frören, wenn sie geschoren werden. Warum man das überhaupt mache: sie zu scheren. Wie oft das geschieht, hatte sie bereits beobachtet, aber sie wollte dann doch wissen, was mit der Wolle eigentlich passierte. Alex erklärte alles, und wie es bei Tanten und Onkeln ist, versuchte er alles möglichst richtig und ausführlich zu erklären.

Bis er irgendwann merkte, dass er nicht mehr konnte. Jede Antwort erzeugte eine ganze Reihe neuer Fragen, und Olivia ließ sich nichts vormachen. Wenn Alex etwas ausließ, hakte Olivia nach. Wenn er sich widersprach, ebenso. Sie saßen so lange am Mittagstisch – Olivia mit ihrem Lätzchen um den Hals, Alex mit der Schürze, die er noch immer umgebunden hatte –, dass sie irgendwann durch das Babyphone hörten, dass Archie erwacht war.

Als Alex mit Archie auf dem Arm wieder in die Küche zurückkehrte, verkündete Olivia, dass Archie nun einen Spaziergang machen und dass sie unbedingt mitkommen müsse, denn Tante Marie kenne sich ja hier nicht aus und könne sich verirren. Gemeinsam würden sie den Rückweg viel leichter finden.

Alex war einverstanden, auch wenn er instinktiv

davor zurückschreckte, mit Kinderwagen und einem zweiten Kind an der Hand in die Öffentlichkeit zu gehen.

Bei den Vorbereitungen spannte Alex Olivia bewusst ein, denn er hatte auch mit dem Kinderwagen und mit allem, was mit dem Spazierengehen zu tun hatte, keinerlei Erfahrung. (Später entschuldigte Matilda sich und sagte, dass ein solcher Spaziergang nicht unbedingt nötig gewesen sei, weshalb sie sie in das Procedere nicht eingewiesen hatte.)

Sie zogen Archie entsprechend an, setzten ihm eine Mütze auf, holten den Kinderwagen aus dem Flur, legten ihn hinein und deckten ihn zu. Dann wurden Fläschchen und Handtücher eingepackt sowie Spielzeug – und Alex hatte schon zu diesem Zeitpunkt den Eindruck, dass die eine oder andere dieser Vorbereitungen zumindest unorthodox war. Aber vielleicht hatte Matilda ja ihre eigenen Gewohnheiten entwickelt.

Und dann ging es los. Der Einfachheit halber und weil es Alex reizvoll erschien, nahmen sie den Weg am See entlang. Ganz selbstverständlich nahm Olivia Maries Hand oder sie stellte sich auf das kleine Brett, das, am Kinderwagen befestigt, auf Rollen hinter dem Wagen herlief. Wieder überkam Alex ein seltsames Gefühl. Sie begegneten Menschen, auch Müttern mit Kinderwagen, und auf einmal schreckte Alex auf. Er nahm selbstverständlich an, dass die Frauen mit Kindern, die ihnen begegneten, sämtlich *Mütter* waren. Wahrscheinlich nahmen diese von *ihm* das gleiche an: dass auch er eine junge Mutter mit ihren zwei Kindern war! Und – wie es Alex häufig tat – er stellte sich das Bild vor, wie Marie in ihrem schönen Kleid mit den hochhackigen Schuhen, den Kinderwagen vor sich herschiebend, Olivia an der

Hand hatte und sich angelegentlich mit ihr unterhielt: wie eine richtige Mutter. Selbst für Olivia und Archie schien dies ganz selbstverständlich zu sein.

Nach einiger Zeit kamen sie an einem Spielplatz vorbei und Olivia wollte unbedingt schaukeln. Mehrere Frauen saßen am Rand des Spielplatzes, und so tat es Alex ihnen nach, stellte den Kinderwagen, in dem Archie weiterhin friedlich schlief, neben eine Bank und setzte sich, um Olivia zuzusehen. Ganz selbstverständlich schlug er die Beine übereinander und glättete den weiten Rock über seinen Oberschenkeln. *Das* unterschied Marie dann doch von den meisten anderen Frauen, stellte Alex fest. Diese waren überwiegend eher nachlässig oder praktisch gekleidet, aber nicht so gestylt wie Marie.

Es dauerte nicht lange, bis sich eine weitere Frau der Bank näherte, während sich ein Mädchen, sicher ihre Tochter, aus ihrer Hand löste und auf die Rutsche zulief. Die Frau nickte Marie zu und setzte sich an das andere Ende der Bank. Sie war gut vorbereitet, denn sie hatte eine Zeitschrift dabei, die sie durchzublättern begann. Alex versuchte, sich nicht anmerken zu lassen, dass er die Frau heimlich beobachtete. Aber vielleicht hatte diese es bemerkt, schließlich ließ sie die Zeitschrift sinken und schaute zu ihrem kleinen Mädchen, das inzwischen ebenfalls schaukelte.

„Geht es Ihnen auch so", begann sie unvermittelt mehr vor sich hin, als an Marie gewendet, „dass sie den Eindruck haben, jeden Tag festhalten zu wollen, weil alle Ihnen erzählen, wie schnell diese wunderbare Zeit vorbei sein wird?"

Alex wusste nicht, was er erwidern sollte. War das so?

„Oh, ich sehe, Sie haben ja sogar zwei", setzte die Frau

ihre eigene Rede fort, „da ist es natürlich schon etwas anderes, Sie erleben alles schon zum zweiten Mal."

„Ja, also ..." Alex zögerte.

„Ist es denn nicht so?", fragte die Frau nun interessiert und sah Marie aufmerksam an. „Wenn man alles zum zweiten Mal erlebt, ist es sicher nicht mehr so aufregend, oder? Aber ist das nicht auch ein bisschen schade?"

„Hm ..."

„Oder möchten Sie noch ein drittes?" Die Frau schien nun wirklich gespannt zu sein, was Marie sagen würde.

„Also, wenn ich ehrlich bin ..."

„Nein," fiel die Frau ihr ins Wort, „ich möchte Sie nicht nötigen, mir etwas von sich zu verraten. Aber Sie haben auf jeden Fall mehr Erfahrung als ich. Und mir stellen sich gerade so viele Fragen! Auch wenn meine Tochter schon fast vier ist, ist alles immernoch neu und man weiß immer nicht: *soll* das jetzt so sein, ist das richtig so, oder sollte es eigentlich anders sein?" Sie hielt einen Augenblick inne. „Und da ist eine Frage, die mich wirklich nicht loslässt. Vielleicht können Sie dazu ja etwas sagen."

Alex beschränkte sich darauf, große Augen zu machen und die Frage zu erwarten.

„Ja, also", die Frau lachte ein bisschen gequält, „es ist ja so, dass ... na ja, also, *vor* der Geburt sind die Männer natürlich vorsichtig und wollen irgendwann nicht mehr, weil das Kind möglicherweise verletzt werden könnte oder so. Jedenfalls hat das mein Mann gesagt. Aber *nach* der Geburt ... also, ich weiß nicht, sind wir dann unattraktiv?"

Alex schwieg. Wollte die Frau wirklich auf das zu sprechen kommen, was er verstanden hatte? Über Sex nach der Entbindung?

„Bitte entschuldigen Sie, wenn ich Sie damit vielleicht belästige", redete die Frau weiter. „Aber das ist eine Frage, die mich wirklich belastet. Ich meine … ist es normal, dass nach der Entbindung … eben nichts mehr läuft?" Sie machte eine kurze, verlegene Pause und sah Marie wieder aufmerksam an. „Aber bei Ihnen scheint das ja anders gewesen zu sein, ich meine, Sie haben ein zweites Kind. Und manche haben drei oder sogar vier oder noch mehr."

Alex gab sich einen Ruck. Er musste etwas tun, sonst konnte das hier unerfreulich enden.

Zum Glück aber musste er gar nichts tun. Olivia rettete ihn. Sie kam angesprungen und rief schon aus einigen Metern Entfernung: „Tante Marie, Tante Marie, hast du gesehen, wie hoch ich geschaukelt habe?" Kam und presste sich an Maries Beine, die in hellen Strumpfhosen steckten und unter ihrem schönen, blumigen Rock hervorschauten.

„Oh", die Frau lachte auf, „dann sind das gar nicht Ihre?" Sie lachte wieder, allerdings ein wenig gequält. „Bitte entschuldigen Sie, dass ich Sie hier mit meiner Geschichte belästige!"

„Bitte," erwiderte Alex, „Sie müssen sich doch nicht entschuldigen. Woher sollten Sie das denn wissen?"

„Ja, wissen Sie, mich treibt diese Frage wirklich um, und Sie sehen doch wie eine glückliche, junge Mutter aus."

„Tue ich das?"

„Aber natürlich! Eine so schöne, attraktive Frau wie Sie, so gepflegt und stilvoll gekleidet, mit zwei solchen Bilderbuchkindern! Vielleicht habe ich Sie auch nur angesprochen, weil Sie ganz so aussehen, als hätten sie bessere Erfahrungen gemacht als ich. Ich meine … als sei es ihnen eben besser ergangen."

Wie bitte? Alex erschrak. Welche Erfahrung genau sah man Marie denn an? Die des vorigen Abends? Oder des Abends davor? Sahen Frauen soetwas?!? Vielleicht sah sie dann *jetzt* ja auch, dass …

In diesem Augenblick stand die Frau entschlossen auf. „Aber bitte! Ich möchte Sie nicht weiter stören. Ich wünsche Ihnen einen schönen Tag." Und weg war sie.

Glückliche Mutter

Alex blieb keine Zeit, sich Gedanken zu machen. Olivia presste sich sanft zwischen seine züchtig zusammengestellten Beine. „Hast du es denn gesehen?"

Alex war ein wenig verwirrt über die seltsame Begegnung und vor allem über diese letzte Bemerkung – ,Sie sehen doch wirklich wie eine glückliche Mutter aus'. Er antwortete zerstreut auf Olivias Frage – und sah sich plötzlich wie aus einiger Entfernung selbst zu, wie er ganz automatisch ein Taschentuch aus Maries Tasche nahm und damit Olivia die Nase putzte. All das sah genau so aus, wie es bei ,anderen', richtigen Müttern aussah. ,Ach was', dachte er schließlich, ,so ein Blödsinn!' Die Frau hatte doch irgendwie nicht alle Tassen im Schrank. Einer wildfremden Frau auf der Bank am Spielplatz von ihren Sexproblemen zu erzählen! Da passte diese absurde Bemerkung doch wie die Faust aufs Auge!

Oder machten Frauen das so? Waren das die berühmten Frauengespräche, von denen die Männer nichts mitbekamen, die Frauen untereinander aber irgendwie zusammenschweißten?

Und tatsächlich blieb etwas hängen von dieser Bemerkung. In der Folge sah Alex Marie mit anderen Augen zu bei dem, was sie tat und wie sie es tat. Und fast gab es ihm einen kleinen Stich, als ihm auffiel, wie selbstverständlich Olivia mit Marie umging, sie als Vertrauensperson akzeptierte, sie offensichtlich mochte – und in all ihrer kindlichen Instinkthaftigkeit dennoch nicht merkte, dass hier etwas nicht stimmte. Ganz im Gegenteil war ihr Vertrauen in erstaunlicher Geschwindigkeit entstanden – so ähnlich hatte es Matilda doch gesagt, als Olivia vor einigen Tagen Marie zum ersten Mal gesehen hatte. Von einer ‚Eroberung' hatte sie gesprochen, die gleich zu einem Abschiedskuss geführt hatte.

Während dieser Gedanken waren die drei wieder auf dem Rückweg. Archie hatte inzwischen die Augen geöffnet und beobachtete das kleine Spielzeug, das über ihm am Verdeck des Kinderwagens baumelte. Olivia erzählte von ihren Erlebnissen im Kinderhort, in den sie vormittags ging.

Den Mann, der ihnen entgegenkam, registrierte er erst im letzten Augenblick. Er hatte einen gepflegten Vollbart und trug einen Hut. Als er nur noch wenige Schritte von den dreien entfernt war, lüftete er den Hut und grüßte sehr freundlich. Verwirrt nickte Alex flüchtig mit dem Kopf. Im nächsten Augenblick spürte er, dass er offenbar errötet war.

„Wer war das?", wollte Olivia wissen, noch in Hörweite des Mannes.

„Tja, mein Schatz, das weiß ich leider nicht", rutschte es Alex heraus.

„Aber er mag dich!", stellte Olivia fest und schien damit ihr Weltbild wieder geradegerückt zu haben.

„Woher willst du das wissen?"

„Na, er hat dich doch gegrüßt, ohne dass du ihn kennst! Und hat dabei gelächelt! Und dann hat er sich noch einmal umgedreht, als er schon vorbei war."

„Und woher weißt du das?"

„Ich habe das aus den Augenwinkeln gesehen. Das mache ich so, wenn ich nicht will, dass andere sehen, dass ich sie beobachte", erklärte sie stolz. „Kannst du das denn nicht? Ich zeige dir nachher, wie das geht!"

„Aha." Mehr fiel Alex nicht ein.

Als sie wieder zu Hause waren und Alex Archie aus dem Kinderwagen nahm, bemerkte er den fremden, aber unverkennbaren Geruch. Archie brauchte eine neue Windel. „Okay", sagte er zu Olivia, „es ist soweit. Jetzt wird's ernst."

Olivia sah Marie mit großen Augen an.

„Tja, weißt du, mein Schatz," – dieser Kosename kam ihm inzwischen ganz natürlich über die Lippen – „ich habe das noch nie gemacht: eine Windel zu wechseln. Ich habe ja selbst keine Kinder."

„Du hast das noch nie gemacht?"

„Nein, das machen ja nur Mütter, und ich bin keine Mutter."

„Du hast kein Kind zu Hause?"

„Nein."

„Warum nicht?"

Was sagte man am geschicktesten? Alex hatte keine Ahnung, wie er am besten vorgehen sollte.

„Tja, weißt du, um Kinder zu kriegen, braucht es ja auch einen … einen Mann. Und den habe ich … im Moment … nicht."

„Warum?"

„Na ja. Also, ich glaube, ich habe … einfach noch nicht den richtigen kennengelernt."

„Nimm doch meinen Papa, der ist *ganz lieb!*"

„Aber dein Papa ist doch schon der Mann deiner Mama."

Olivia überlegte. Dann beschloss sie: „Wir werden einen für dich suchen! Dann hast du auch bald ein Kind. Und bis dahin kannst du ja bei Archie üben."

Alex nickte. „Ja, gut, also dann üben wir mal. Zeig mir mal, wie deine Mama das macht, wenn sie Archie die Windeln wechselt. Trägt sie dazu eine Schürze?"

„Eine Schürze? Nein, das braucht sie nicht."

„Vielleicht weil sie so viel Übung hat?"

„Nein, ich glaube, die braucht man dazu nicht. Pass auf, ich zeig' es dir."

Und damit begann die Lektion. Die kleine Olivia konnte zwar noch nicht selbst wickeln, aber sie kannte jeden Handgriff, den ihre Mutter normalerweise machte. Marie fühlte sich unbeholfen. Ihr erstes Mal Windeln-Wechseln verlief etwas holprig, aber immerhin schien Archie das nicht zu stören.

Zuerst zeigte Olivia Marie den Wickeltisch. Dort lagen alle notwendigen Utensilien in Reichweite: Windeln, trockene Tücher, Wasser, Feuchttücher, Pflegeöl, Wundschutzcreme – alles schön bunt und mit Herzchen darauf. Alex kam sich schon wieder seltsam vor. Am liebsten wäre er geflüchtet. Diese Situation überforderte ihn nun doch. Ein bisschen *zu viel* Frau, fand er, nun auch noch ein Baby!

Aber die kleine Olivia ließ ihm keine Zeit. Sie wies darauf hin, dass Marie jetzt den Body öffnen und ihn hochschieben soll. „Denn falls Archie pieseln sollte, wird sonst auch der Body nass", erklärte Olivia fachkundig.

„Nimm die trockenen Tücher", erklärte sie weiter und griff selbst nach den Windeln, die fein säuberlich auf einem Stapel lagen, und faltete sie souverän auseinander.

„Und jetzt machst du das Tuch etwas nass." Marie tunkte es leicht ins Wasser. „Jetzt die Windel öffnen und nachschauen, wieviel drin ist."

Wirklich? Nachschauen, wieviel in der Windel ist? Alex beschloss, dem Mädchen einfach zu vertrauen. Was blieb ihm auch anderes übrig! Er musste das hier ganz einfach hinter sich bringen.

„Den oberen Teil der Windel abnehmen, das nasse Tuch hinein, die dreckige Windel wegnehmen … oh, die ist ja ganz schön voll! Vielleicht hätten wir die schon früher wechseln sollen."

„Und wie geht's jetzt weiter?" Alex wollte das Tempo möglichst steigern. Allerdings roch die Windel durchaus nicht so, wie er es befürchtet hatte.

„Erstmal die volle Windel zusammenfalten."

Alex tat das, erleichtert darüber, dass das nicht so eklig war, wie er es erwartet hatte.

„Jetzt Archie den Popo abwischen."

Er nahm die beiden Beinchen vorsichtig an den Fußgelenken und hob den Unterleib des Babys hoch. Wie leicht er war! Und Archie lächelte begeistert und strampelte mit den Ärmchen.

„*Richtig* sauber, sagt Mama immer."

Alex nahm noch einmal ein Tuch und fuhr damit auch in die letzte Hautfalte hinein.

„Jetzt mit den Feuchttüchern noch einmal den ganzen Po abwischen."

Alex tat auch das.

„Jetzt das Öl. Am besten in deiner Hand verstreichen und es dann auf die Haut auftragen. … Gut verreiben … Das ist zum Glück nichts rot. Wenn es rot wäre, müssten wir etwas von der weißen Salbe drauf tun."

Alex nickte wie eine aufmerksame Schülerin. „Okay."

„Jetzt die neue Windel. Schön ausbreiten und glattstreichen. Dann die Windel unter den Po schieben" – Alex nahm wieder die Fußgelenke und hob den winzigen Körper leicht an – „nicht zu hoch, Tante Marie! Mama sagt, das ist nicht gut für die Wichtelsäule."

„Die Wichtelsäule?"

Olivia nickte eifrig.

Alex verkniff es sich, sie zu korrigieren. Das würde schon noch früh genug geschehen. Er schob die Windel vorsichtig unter den Babypopo."

„… und mit den Klebeverschlüssen schließen. Am Bauch muss noch gut ein Finger reinpassen, sonst ist es zu fest." Olivia steckte ihren kleinen Zeigefinger unter den Bund der Windel. Alex öffnete noch einmal den Verschluss und schloss ihn mit etwas mehr Spiel.

„Und dann die Rüschen an den Beinen lösen."

„Die was?"

Sofort griff Olivia ein und holte kleine Rüschen zwischen Windel und Beinchen hervor, die offenbar das Auslaufen der Windel verhindern sollte. Archie gluckste glücklich vor sich hin.

„Geschafft!" Olivia lächelte Marie an. „Du wirst einmal eine ganz tolle Mutter, Tante Marie!"

Alex lächelte zurück. „Du aber auch, mein Schatz!"

„Jetzt wieder den Body anziehen. Und dann kann Archie ein bisschen ins Bett.

So langsam hatte Alex den Eindruck, dass er eine Pause brauchte. Die vergangenen Stunden waren ungewohnt ereignisreich, nicht zuletzt deswegen, weil Olivia ununterbrochen Aufmerksamkeit einforderte.

In diesem Moment ging das Telefon. Alex nahm ab. „Hello?"

„Ah, Marie", hörte Alex die Stimme von Dennis, „wie läuft's denn bei euch so?"

„Sehr gut", antwortete Alex, „wir waren schon spazieren und jetzt gerade haben wir Archie seine Windel gewechselt."

„Oh, wouw!" Dennis schien wirklich beeindruckt zu sein. „Hast du das denn schon einmal gemacht?"

„Nein, noch nie. Aber Olivia weiß ja zum Glück, wie es geht."

„Okay, sehr schön. Ich habe aber eigentlich ein anderes Anliegen. Matildas Vater geht es gar nicht gut. Wir haben den Eindruck, dass er sehr schnell abbaut. Der Arzt sagt, dass er die Nacht wahrscheinlich nicht überstehen wird. Wenn es irgendwie geht, würden wir deswegen gern hierbleiben. Zumindest Matilda, aber ich würde ihr gern helfen."

„Ja, natürlich." Alex wusste sofort, worauf das hinauslief.

„Kannst du dir eventuell vorstellen, über Nacht bei den Kindern zu bleiben? Dann könnte ich noch ..."

„Ja, sicher, das ist kein Problem, wirklich! Die beiden sind unglaublich brav!"

Dennis schien ehrlich erleichtert. „Das ist wunderbar, Marie, wirklich. Du hilfst uns damit ..."

„Ist doch selbstverständlich," unterbrach Alex ihn – und fühlte, wie er in die von-Mann-zu-Mann-Gesprächsweise zurückfiel, was so gar nicht zu dem passte, wie er sich selbst in den vergangenen Stunden erlebt hatte. „Bleib' bei Matilda und macht euch keine Sorgen! Wir kriegen das hier schon hin!"

Dennis bedankte sich noch einmal sehr herzlich und gab Marie ein paar Anweisungen für die Nacht.

„Morgen früh sind wir dann sicher wieder zurück. Also, mindestens ich, denke ich. Nochmals allerherzlichsten Dank!"

„Kein Problem! Kümmere dich um Matilda!"

Alex legte auf.

Olivia freute sich. „Dann bleibst du noch bei uns? Die ganze Nacht?"

Alex nickte. „Mama und Papa kommen erst morgen

wieder zurück. Es geht deinem Opa nicht so gut, weißt du?"

Olivia machte große Augen. Alex versuchte ihr möglichst schonend zu sagen, was es hieß, krank zu sein. Olivia rückte auf dem Sofa immer näher an Marie heran, schließlich nahm Alex sie in den Arm.

„Wird er sterben?"

„Hat deine Mama mit dir schon darüber gesprochen?"

„Nicht mit mir, aber Mama und Papa haben sich darüber unterhalten, das habe ich gehört."

„Ich weiß nicht genau, wie es ihm geht. Aber alte Leute sterben irgendwann. So ist das."

„Aber Opa soll nicht sterben!" Und Olivia fing leise an zu weinen. Alex drückte sie an sich. Ihm fiel nichts ein, was er sagen konnte. Er wollte jetzt nichts falsch machen.

Olivia kuschelte sich an ihn, weinte leise vor sich hin. Alex glaubte, dass es ihm das Herz brach. Aber lügen wollte er trotzdem nicht. Also hielt er das Kind einfach ganz fest in seinen Armen.

Plötzlich stand da wieder die Erinnerung vor seinem inneren Auge: War diese seine intensive Reaktion eine Folge des Östrogens, das durch seinen Körper tobte? Alex hatte eigentlich nie so empfindlich, so rührselig auf Kindertränen reagiert. Lag es nur daran, dass Olivia ein so liebes und süßes Mädchen war, oder konnte es auch sein, dass diese Reaktion eine Folge der Tatsache war, dass sein Körper sich veränderte, dass chemische Reaktionen stattfanden, die über den Körper hinaus vielleicht auch seine Empfindungen veränderten?

Sofort stand ihm seine Situation wieder klar vor Augen – dass sein Körper sich veränderte, ohne dass er dem im Augenblick Einhalt gebieten konnte.

Zorn

In dieser Nacht schlief Alex fast nicht. Erst tröstete er lange Zeit Olivia, dann las er ihr eine lange Gutenachtgeschichte vor, bevor sie endlich schlafen konnte. Und dann tigerte er durch das Haus und den Garten, bis er schließlich nach Stunden am Ende des Bootstegs durch das leise Glucksen des Wassers in den Schlaf gewiegt wurde. Als er erwachte, war es bereits hell, wenn auch noch früh am Morgen. Er brauchte einen Augenblick, bis er begriff, wo er sich befand, und eilte ins Haus in der Sorge, dass die Kinder in der Nacht nach Marie gerufen haben könnten und er sie nicht gehört hätte. Aber beide lagen still in ihren Betten, Archie allerdings wach: er strahlte sie an, rührte sich aber ansonsten nicht, sondern schien ganz zufrieden zu sein.

Alex war es danach, sich erst einmal zu duschen und frische Sachen anzuziehen, bevor der Kindertag wieder losging. Also vertraute er darauf, dass der gutgelaunte Archie noch ein wenig seine gute Laune behalten und Olivia noch ein wenig weiterschlafen würde, und ging ins Badezimmer. Dennis hatte bei seinem Anruf darauf bestanden, dass Marie nicht erst Kleidung und Waschsachen vom Schloss holte oder bringen ließ, sondern dass er die Sachen benutzte, die vorhanden waren. Sogar bei der Wäsche sollte Marie nehmen, was immer sie brauchte – Mathilda sei nicht so empfindlich. Sie finde alles im Bad und in den Schlafzimmerschränken.

Also zog Alex sich aus und genoss für eine kurze Zeit das warme Wasser der Dusche. Trotz des Sommers war er auf dem Bootssteg ziemlich durchgefroren. Er stand unter dem warmen Wasserstrahl und wartete, bis ihm wieder richtig warm war. Dann wusch er sich sorgfältig. Neben der Dusche lang ein *Ladyshaver* und Rasierschaum. In dem spontanen Bedürfnis, sich zu pflegen, rasierte er Penis und Schambereich – das gewohnte große Dreieck blieb natürlich stehen –, die Oberschenkel und die Achselhöhlen und nahm dann eines der Badetücher, die dort hingen, und trockne sich ab. Er cremte die rasierten Bereiche mit einer *After shave*-Creme ein und putzte sich mit einer unbenutzten Zahnbürste die Zähne. Nach einem Blick in den Spiegel beschloss er, auch das Rasierzeug von Dennis zu benutzen. Trotz seines eher spärlichen Bartwuchses hatte sich an Kinn und Oberlippe ein leichter Schatten gebildet. Jetzt vermisste er die Gesichtscreme, die er im Castle verwendete, um die entstehenden Hautirritationen zu behandeln. Er nahm eine milde Feuchtigkeitscreme von Matilda und hoffte, dass sie einen entsprechenden Effekt haben würde. Dann bürstete er die langen Haare und ließ sie als Pferdeschwanz über seinen Rücken fallen.

Bei der Frage nach Wäsche und Kleidung überlegte er, ob er einfach die Sachen, die er am Vortag getragen hatte, wieder anziehen sollte. Männer machten das so, sie trugen durchaus zwei Tage lang dieselbe Wäsche. Aber Alex hatte sich in den vergangenen drei Wochen daran gewöhnt, jeden Morgen frische, duftende Wäsche anzuziehen, und er merkte, wie dies zu seiner Rolle gehörte und ihm inzwischen zum Bedürfnis geworden war. Und schließlich hatte Dennis ausdrücklich darauf bestanden, dass er sich bedienen solle. Er wollte zumindest einmal nachschauen, was er für Kleidung finden würde.

Im Schlafzimmer zog sich ein Schrank über gleich

zwei Wände des nicht allzu großen Zimmers. Es war nicht ohne weiteres zu erkennen, welcher Schrank der von Mathilda und welcher der von Dennis war. Also öffnete Alex einfach die nächste Schranktür.

Es war der Schrank von Dennis. Ganz links hingen zwei Anzüge und eine braune Lederjacke, dann reihten sich Hosen aneinander, auf sie folgten sorgfältig gebügelte Hemden. All das passte zu dem Kunstschreiner und strahlte Gelassenheit und einen guten Geschmack aus.

Statt den Schrank sofort wieder zu schließen, sah Alex sich alles aufmerksam an. Männerkleidung ... Dann öffnete er den Schrank daneben: Männer-Unterwäsche, Socken, T-Shirts in der unteren Hälfte, darüber Bettwäsche, Hand- und Badetücher. Die Unterwäsche war überwiegend weiß, ebenso die T-Shirts. Dennis brauchte offensichtlich nur die Hälfte dieses Schranks.

Alex stand da, ein Handtuch um die Hüften gebunden, beide Hände an den offenen Schranktüren, und starrte auf die Wäsche. Männerwäsche. Unterhose, Unterhemd, T-Shirt, Jeans, Socken, Jacke – fertig! Mehr brauchte ein Mann nicht, um unter die Leute gehen zu können. Er spürte, wie etwas in ihm aufbrach, etwas wie eine Schicht, die sich über das gelegt hatte, was darunter verborgen lag: das, was ihn eigentlich ausmachte, das *eigentlich er* war. Unvermittelt fühlte er Sehnsucht und Trauer in sich aufsteigen und er war versucht, diese Wäsche zu berühren. Seit fast vier Wochen trug er nicht mehr solche Kleidung, *hatte* nicht einmal mehr welche. Seit fast vier Wochen wurde ihm eingeredet, dass er nie wieder in seine alte Existenz würde zurückkehren können. Erst war da dieses perverse Spiel gewesen, das Eva mit ihm gespielt hatte, und schon sie hatte seine

Verwandlung als endgültig bezeichnet. Dann war es dieser „Job" mit den rigorosen Bedingungen, der ihn in eine Rolle hineinpresste, die er sich nicht selbst ausgesucht hatte. Der Vertrag sollte keine Möglichkeit der Kündigung enthalten, ja, er schloss diese sogar kategorisch aus. Alex erinnerte sich an jenen nicht allzu fernen Montag-Morgen, als er das Haus von Paul und Edith betreten hatte mit dem festen Willen, alles sofort zu beenden und in seine alte Existenz zurückzukehren, bevor dieses neue Kapitel überhaupt begonnen hatte. Stattdessen war er von Edith mehr oder weniger genötigt worden, in dieses verfluchte Flugzeug zu steigen. Seither hatte er praktisch keine Entscheidung über sein Leben mehr selbst treffen können. Immer hatte es eine Regie geben, der er hatte folgen müssen, und so würde es weitergehen. Seither ununterbrochen: Makeup, Röcke, BH, Seidenstrümpfe, Stöckelschuhe! Ohne eine einzige Ausnahme, ohne eine einzige Stunde, in der er sich, wie früher, mit einer Flasche Bier vor dem Fernseher hätte entspannen können. Seither war er nicht mehr er selbst – aber noch hatte er nicht entscheiden können, wer er denn nun eigentlich war. Ständig war er weitergetrieben worden von einem Punkt zum nächsten, ohne eine Atempause.

Und nun auch noch diese Sache mit den Hormonen! Ein unbeschreiblicher Druck, denn die Zeit eilte dahin und mit jedem Tag veränderte sich sein Körper, schnell und scheinbar unaufhaltsam! Noch vor vier Wochen war er ein sportlicher Mann Ende zwanzig gewesen, der zu Extremsportarten neigte und sich gern mit seinen Kumpels zu Bierabenden in irgendwelchen Bars traf.

Und jetzt?!

Alex sah weiterhin auf die ordentlich zusammengelegte, saubere Wäsche. Dann schaute er noch einmal in den anderen Schrank, sah die Jeans und die karierten Hemden an und nahm schließlich eines von ihnen heraus.

Er hatte keine einzige Atempause gehabt! Selbst in den Tagen seiner Rekonvaleszenz hatten Martha und Maria dafür gesorgt, dass er strikt in seiner Rolle blieb, und hatten ihn mit ziemlich viel Zuckerbrot – ohne Peitsche – in dieser Richtung manipuliert.

Musste er sich das eigentlich gefallen lassen? War ein Vertrag ohne eine Kündigungsklausel überhaupt rechtens?

Gut, unmenschlich war sein Leben im Castle sicher nicht, und zweifellos war er dort umgeben von Menschen, die ihn achteten und wohl auch mochten.

Aber – war das denn wirklich so?

Sie hatten alle v.a. Tom im Blick und die Zeit, die er noch zu leben hatte. Wollten sie ihn, Alex, nicht einfach nur bei Laune halten, während ihr Plan Schritt für Schritt umgesetzt wurde?! Nach nur vier Tagen im Castle war die Person, die er spielte, bereits verlobt worden! Alex schaute auf den eleganten Diamantring, der an seiner Hand funkelte. Überhaupt: diese Hand! War das noch die seine? Maniküre mit rotem Nagellack, täglich mit Creme gepflegt und entsprechend weich. Dann dieser Ring! Ein zierlicher Diamantring, der Inbegriff von Weiblichkeit! Und zudem trug er eine dazu passende Halskette. Er griff mit seiner manikürten Hand an den Hals und spürte die zerbrechliche Kette. War das noch *er*? Hatte er auch nur ein bisschen Entscheidungsspielraum gehabt?

Er spürte, wie sich seine Verunsicherung angesichts der vertrauten Männerwäsche langsam in ausgewachsenen Zorn hineinsteigerte.

Inzwischen hatte er sogar mit einem Mann geschlafen! (War das wirklich geschehen?!? Konnte das sein?) In Frauenkleidern, mit spitzenbesetzten Stay ups und geilen Stiefeln, die er auch während des Sex-Akts nicht ausgezogen hatte, weil sich das unglaublich geil angefühlt hatte! Und für Martha und Maria kam es ebenfalls nicht in Frage, ihn wie einen Mann zu behandeln. Sie hatten ihre perversen Fantasien auf ihn übertragen – durfte er *da* denn eigentlich er selbst sein?! Sie hatten ihn bestochen mit diesem Zugang zur Welt der Reichen und Schönen, aber benutzten nicht auch sie ihn nur für ihre Sexspiele wie ein Werkzeug, das man für eine bestimmte Zeit benutzt, um es anschließend fallen zu lassen und zu entsorgen? Das waren sie doch sicher gewohnt, Frauen wie sie, denen alle Männer zu Füßen lagen, ebenso wie der Teil der Frauen, der nicht auf sie neidisch oder eifersüchtig war, und auch alle Mischwesen wie Alex/Marie. Sie gaben sich so mitfühlend, aber wahrscheinlich schrieben sie ihn hinter seinem Rücken auf die Liste derer, mit denen sie ihren Spaß gehabt hatten – aber nein, den Verschleiß von Werkzeugen dokumentiert man nicht. Wenn stattdessen der Spaß nachließ oder ein anderes Werkzeug in Aussicht stand: *ce la vie!* War schön mit dir, aber jetzt haben wir was Neues …

Tom, ja, der war nett und sicher echt – aber in welch eine Situation hatten sie ihn, Alex, mit dieser Aufgabe gebracht! Einem sterbenden Mann etwas vorzuspielen, das die Erfüllung seiner Träume ist – und den moralischen Druck musste *er* tragen, er ganz allein! Indem er eine Rolle spielen musste, für die er quasi entführt worden war! Und von der er sich nicht einmal eine Stunde lang hatte erholen können und das auch weiterhin nicht durfte. Über Monate hinweg, wer wusste schon, wie lange das dauern würde! Und Tom glaubte ihm schließlich, für ihn war er seine Audrey Hepburn! Er, Alex!!!

Alex spürte, wie der Zorn weiter in ihm wuchs und nach einer Möglichkeit des Ausbruchs suchte.

Und Paul! Einmal abgesehen von dem Druck, den er ausübte: Seit inzwischen zehn Tagen war bekannt, was mit ihm, Alex, durch die Niedertracht Evas und dieser sadistischen Beate geschah – und Paul wollte ihm allen Ernstes erzählen, dass er noch nichts herausgefunden hatte? Ein so gewiefter Anwalt mit einer superteuren Kanzlei und einem Mitarbeiter, der angeblich nichts anderes mehr tat als sich um diesen Fall zu kümmern – und er wollte ihm erzählen, dass er nicht einmal Eva hatte ausfindig machen können, seine Nachbarin Eva, die „irgendwie verreist" war? Ihr Handy wäre doch sicherlich problemlos zu orten! Wahrscheinlich war Paul die Situation sogar ziemlich recht – vielleicht war er daran ja sogar beteiligt?! Schließlich band sie Alex an diese Rolle, wie kein Vertrag das jemals geschafft hätte. Alex würde schließlich juristische und medizinische Hilfe brauchen, wenn er jemals aus dieser Situation wieder herauskommen wollte. (Jedenfalls redete Paul ihm das ein.)

Er hieb mit der Hand auf die Schranktür. Wie naiv war er denn eigentlich, dass er all das mit sich machen ließ, dass er all diesen Menschen einfach glaubte! Nur weil sie ihn bezahlten und er Sex bekam, wie er ihn zuvor niemals gehabt hatte, vertraute er darauf, dass sich alles so verhielt, wie sie es ihm vormachten; ließ er sich in eine Rolle hineinbringen, für die er keinerlei Vorwissen mitgebracht hatte, die er sich selber niemals ausgesucht hätte?! Nicht einmal seinen Körper nahmen sie als das wahr, was er tatsächlich war! Und das in einem Maß, dass inzwischen aus der Rolle eines Schauspielers sein *Leben* geworden war. Die Spuren dieser Rolle würden ihn sein Leben lang begleiten. Bis ans Ende seiner Tage würde er ein verdammter Zwitter sein, wenn er nicht selbst nach einer Lösung suchte, von der Paul ihn ganz offensichtlich eher abhalten wollte als ihm zu helfen!

Alex schlug wütend die Schranktür zu, öffnete stattdessen den Schrank von Matilda: ein ganzer Schrank voller Kleider, Röcke, eleganter Hosen, Jacken, Mäntel. Sogar Hüte sah er im obersten Fach und ganz untern standen fein säuberlich Schuhe, von denen frau bekanntlich nie genug haben kann. Im zweiten Schrank fand er Unterwäsche in den unterschiedlichsten Verführungsgraden, von sportlich bis zu feiner Seidenwäsche – die Dessous und Strümpfe hatte sie sicher in der Kommode, die neben ihrem Bett stand. Aber hier hatte sie auch noch eine ganze Sammlung von Stiefeln untergebracht, und darüber zwei Fächer voller Accessoires, von Sonnenbrillen bis zu Tüchern und vielem anderen Schnickschnack, den sie irgendwo tragen oder anstecken konnte. Matilda schien soetwas zu liegen.

Und *das* war nun Alex' Welt, seine Rolle?! Ohne Ausnahme und bis sein Busen Größe C oder D erreicht hatte und sein Arsch so fett war wie der einer richtigen Schlampe?

Steckten eigentlich auch Matilda und Dennis mit unter der Decke? Für einen Augenblick dachte Alex darüber nach, bis ihm die Kinder vor Augen traten: würden Eltern ihre Kinder in dieser Weise gebrauchen? Sie, Kleinstkinder von einem halben und noch nicht ganz drei Jahren, als Mittel einsetzen, nur um – ja, was zu tun? Ihn an diese Rolle zu binden?

Alex fiel der gestrige Abend ein, wie Olivia sich an ihn gekuschelt, er sie getröstet hatte angesichts des bevorstehenden Todes ihre Opas. Olivia hatte Marie von Anfang an mit ihrem ganzen Vertrauen übergossen – und auch ihr spielte er nur diese Rolle vor! Die Eltern sollten es zulassen, dass die kleine, süße, unschuldige Olivia eine Chimäre zu ihrer Bezugsperson in einer durchaus kritischen Situation erkor, dass sie diese offenbar zu *lieben* begann?

Der Zorn war nun wieder da und wuchs noch.

Und dann diese Situation gestern: Wie eine junge, glückliche Mutter war er im schönen Kleid, mit Kinderwagen und Kleinkind an der Hand durch die Gegend spaziert, hatte dem Mädchen die Welt erklärt und es am Spielplatz beaufsichtigt, wie all diese *echten* Mütter, die mit mehr oder weniger Stolz ihre Leben ihren Kindern widmeten. Und diese seltsame Frau, die mit ihr über Männer und den Sex nach der Entbindung hatte sprechen wollen! „Eine so schöne und attraktive Frau wie Sie, so gepflegt und stilvoll gekleidet, mit zwei solche Bilderbuchkindern!" So also hatte er in dieser Situation gewirkt. So sehr, dass diese Frau diese glückliche, offensichtlich befriedigte Mutter ansprechen wollte, um ihr Geheimnis zu erfahren, weil sie ganz so aussah, als hätte sie bessere Erfahrungen gemacht ... bessere Erfahrungen?! Mit dem Sex nach der Entbindung ... so also sah er aus: als wenn Marie, die junge Mutter, sexuell erfüllt wäre auch nach der Geburt zweier Kinder? Eine lächerlichere Situation hätte Alex sich nicht vorstellen können. Er war wie vor den Kopf gestoßen gewesen und jetzt wusste er auch, warum: all das war *überhaupt* nicht er, die Rolle entsprach ihm nicht. Gar nicht! Er spielte gezwungenermaßen anderen etwas vor, das zudem seinem männlichen Selbstverständnis diametral widersprach! Als Mann galt das, was er da getan hatte, als im höchsten Maße peinlich. In Stöckelschuhen und schickem Rock, mit Kinderwagen und Kleinkind an der Hand – er!!! Ein *Bild* von Mütterlichkeit, und niemand hatte ihn danach gefragt, ob er das überhaupt wollte und wie es ihm als Mann damit ging! Denn schließlich war er das: ein Mann! Und wie oft hatte er in den vergangenen Tagen den Eindruck gehabt, dass er sich selbst verlorenging, dass die Männlichkeit in ihm *zerstört* wurde durch Dinge, die er tun *musste*, die seinem Selbstverständnis aber vollkommen zuwiderliefen! Er vergewaltigte sich quasi selbst, indem er dies tat, tötete den Alex in sich, um diesem Tom vor *dessen* Tod noch ein paar schöne Tage zu bescheren! Er verletzte unentwegt seine eigenen Prinzipien, nur um dieser Rolle zu genügen, die Wünsche anderer zu erfüllen und als kleiner Trost ein wenig Geld damit zu verdienen.

Brauchte er das denn überhaupt? Er hatte neben einigem Geld auf dem Konto mehrere Sparbriefe, Wertpapiere und Aktien. Das war kein Vermögen, aber für ein paar Wochen würde es reichen, und in dieser Zeit könnte er selbst nach medizinischer Hilfe suchen – schließlich war er krankenversichert und musste nicht darauf warten, dass Paul eine Lösung für ihn fand.

Mit einem Mal schien sich in seinem Inneren etwas zu klären. Er spürte, dass er sich einer Entscheidung näherte.

In diesem Augenblick hörte er Olivia rufen. Er ging zur Tür und rief zurück, dass er – sie – gleich kommen würde, dass er – sie – sich noch eben anziehen müsse. Dann nahm er eine Tasche, die er in einem der Schränke gefunden hatte, zwang sich zu nüchternem Nachdenken und packte von Dennis' Sachen ein, was er brauchen würde: Unterwäsche, Socken, ein Hemd, eine Jacke, ein Paar Schuhe. Er stellte die Tasche neben die Tür und nahm dann aus Matildas Schrank, was Marie an frischer Wäsche benötigte. Rasch zog er das an, darüber den Rock und die Bluse, die er gestern schon getragen hatte, schminkte sich zurückhaltend – seine Hände zitterten so sehr, dass es gar nicht leicht war, einen sauberen Lidstrich zu ziehen –, schlüpfte in die hohen Schuhe und ging hinüber in Olivias Zimmer.

Flucht

Olivia saß in ihrem Bett, hatte einen Teddy-Bär im Arm und blätterte in einem Kinderbuch.

„Liest du mir eine Geschichte vor?"

Die kleine Olivia sah so süß aus, und es war unschwer zu erkennen, dass sie sich nach Maries Nähe sehnte und sich an sie kuscheln wollte.

„Mein kleiner Schatz, wollen wir nicht erst einmal frühstücken? Bist du denn gar nicht hungrig oder durstig? Und ich muss auch dringend mal nach Archie sehen."

„Dem geht's gut, ich habe schon nach ihm gesehen."

„Das hast du sehr gut gemacht! Wie eine richtige, große Schwester. Aber ich will trotzdem mal nachschauen, und dann möchte ich auch, dass wir zuallererst frühstücken. Sicher muss Archie gewickelt werden, oder?"

Alex wollte vermeiden, dass sich das Mädchen noch weiter an die vermeintliche Marie anlehnte. Das war nicht recht, auf diese Weise würde sie sehr enttäuscht werden.

Das Mädchen sprang aus dem Bett. „Ich helfe dir!"

Nun wiederholte sich im Großen und Ganzen die Szene vom Vorabend, nur dass Alex sich schon ein bisschen sicherer fühlte und deswegen Olivia weniger einbezog. Alles bis zum Bäuerchen verlief gut.

„Er muss jetzt etwas Frisches anziehen."

Soetwas hatte Alex schon erwartet. „Und wo sind seine Sachen?"

Olivia sprang vom Wickeltisch, an dem sie gestanden und Marie beobachtet hatte, zur Kommode. Ganz offensichtlich war sie erleichtert, dass sie nun wieder mitmachen konnte. Sie suchte alles heraus, was notwendig war, und schickte sich an, Marie wieder konkrete Anweisungen zu geben. Aber Alex unterbrach sie.

„Gleich wird dein Papa zurückkommen. Ich erwarte ihn schon ganz bald. Ich hätte gern, dass du dich schon einmal wäschst und dich anziehst, damit dein Papa sieht, dass wir alles richtig gemacht haben. Kannst du das schon allein: dich waschen und anziehen?"

„Natürlich!" rief Olivia und schien empört. Alex war sich nicht sicher, ob es wegen dieser ‚dummen' Frage war oder weil Olivia nicht mithelfen durfte. Dennoch zog sie brav los in Richtung Badezimmer.

Alex zog Archie an, der sich dabei wohlzufühlen schien und ihn weiterhin anstrahlte und zufriedene Laute von sich gab. Dann nahm Alex das winzige Kind auf den Arm und ging hinunter in die Küche. Er legte den kleinen Mann auf seine Decke, setzte das Spielzeug in Bewegung, das darüber hing, und ging in die Küche, um das Frühstück vorzubereiten. Dabei fiel ihm auf, dass er keine Ahnung hatte, was ein Kind wie Olivia eigentlich frühstückte. In jedem Fall setzte er für sich einen starken Kaffee auf, denn er spürte die fast schlaflose Nacht in den Knochen und im Kopf, und ging dann ins Schlafzimmer hinauf, um die Tasche mit der Kleidung zu holen und sie ins Auto zu bringen.

Als er wieder in die Küche kam, war Olivia zurück.

„Oh, du hast dich aber schön bunt angezogen, Olivia!"

Das Mädchen strahlte. „Das sind alles meine Lieblingssachen! Mama sagt, sie passen nicht zusammen und es sieht nicht schön aus, wenn ich sie alle gleichzeitig anziehe. Aber ich finde das nicht. Ich finde es sieht toll aus!"

‚Aha', dachte Alex, der sich ein Toast röstete und Butter und Marmelade, die er im Kühlschrank gefunden hatte, bereitstellte. ‚So früh geht das also schon los, dass Mädchen ihren eigenen Geschmack entwickeln und sich gern herausputzen.' Das hatte bei ihm wie bei allen Jungen sicher erst sehr viel später eingesetzt und war nie so ausgeprägt gewesen.

Olivia verriet ihm, dass sie immer Milch und einen Brei zum Frühstück bekam, dass aber zuerst Archie sein Fläschchen bekommen musste. Das hatte Alex vergessen. Sein Kaffee würde kalt und das Toast labberig werden, aber er wollte Dennis zufriedene Kinder übergeben, also machte er das Fläschchen und setzte sich mit Archie auf's Sofa. Olivia wollte sich neben ihn setzen, aber Alex schickte sie zurück an den Frühstückstisch. Es brach ihm fast das Herz, als er sah, wie enttäuscht das kleine Mädchen war. Aber er wollte nicht, dass sie merkte, wie es innerlich in ihm brodelte. Also widerstand er der Versuchung, Olivia zu sich auf's Sofa zu rufen und konzentrierte sich auf Archie.

Der wurde unruhig, nachdem er sein Fläschchen geleert hatte, machte sein Bäuerchen und ließ sich dann bereitwillig wieder auf seine Decke legen. Allerdings sah es nicht so aus, als wenn er wieder schlafen wollte. Er wirkte vielmehr unternehmungslustig.

„Na, kleiner Mann"; sagte Alex leise zu ihm und kraulte ihm den Bauch, „du möchtest jetzt gern spazieren gehen, nicht? Schließlich ist die nette Tante Marie ja dafür da, euch zwei zu unterhalten und dafür zu sorgen, dass es euch nicht langweilig wird. Aber damit ist jetzt

Schluss, dafür wirst du auf deinen Papa warten müssen, du kleiner Hosenscheißer." Alex hatte sorgfältig darauf geachtet, dass Olivia außerhalb der Hörweite war und hatte zudem sehr leise gesprochen. „Gleich ist es aus mit der netten Tante Marie!"

Damit richtete er sich wieder auf und kehrte zum Frühstückstisch zurück. Olivia saß neben ihrem halbleeren Teller und malte auf etwas, das wahrscheinlich Matildas Einkaufsblock war.

„Du bist ja wirklich ein braves Mädchen!" Alex konnte sich nicht zurückhalten, ganz ehrlich seine Bewunderung für das Mädchen auszusprechen. „So ein braves Mädchen habe ich ja noch nie gesehen."

„Aber du hast doch auch kein eigenes Mädchen! Und auch keinen Jungen!"

„Ich sehe aber oft welche bei Freunden, so dass ich das schon ein bisschen beurteilen kann."

Olivia schwieg einen Augenblick nachdenklich.

„Was heißt ‚beurteilen'?"

Alex wollte ihr gerade antworten, da war ein Auto vor dem Haus zu hören. Mit dem Ruf „Das sind Mama und Papa!" sprang Olivia auf und rannte zur Haustür hinaus. Auch der kleine Archie strampelte aufgeregt mit den Beinchen. Alex nahm ihn von der Decke und auf den Arm und trat vor die Haustür – und spürte sofort den Zorn in ihm zurückkehren: da stand er als braves Hausfrauchen Marie mit einem Kind auf dem Arm vor der Haustür und erwartete den Mann, der aus der großen, weiten Welt ins traute Heim – *Home sweet home* – zurückkehrte! Wie eine von diesen *traditional housewifes*, für die es das Größte ist, das Haus zu putzen und die Kinder zu füttern, und die sich extra etwas Schönes anzogen, wenn der Mann nach Hause zurückkehrte. War das nicht sogar der ihm vorgezeichnete Weg gewesen? Wenigstens hätte es mit Tom keine Kinder gegeben. Aber was wäre wohl danach gekommen?

Dennis kam mit Olivia auf dem Arm auf ihn zu. Alex bat ihn herein – und biss sich im nächsten Augenblick auf die Zunge, um zu verhindern, dass er Dennis anbot, ihm einen Kaffee zu kochen und ein Frühstück zuzubereiten.

Sie setzten sich in die Küche, Dennis machte sich ganz selbstverständlich selbst einen Kaffee und schob ein paar Toasts in den Toaster.

Von einem auf den anderen Augenblick spürte Alex, dass ihm der Appetit vergangen war. Dennis erzählte, um Olivia nicht zu viel zu verraten, etwas verklausuliert, wie der Zustand von Matildas Vater war und wie es voraussichtlich weitergehen würde, und fragte dann, ob die Kinder brav gewesen seien und ob es irgendwelche Probleme gegeben hatte. Olivia hatte sich unterdessen auf seinem Schoß zusammengerollt und schmiegte sich an ihn wie eine Katze. Dennis streichelte sie sanft.

Alex aber wurde immer aufgeregter. Er wurde unruhig, nervös.

Wollte irgendwann nur noch weg.

Wollte heraus aus dieser Situation, heraus aus diesen Kleidern.

Wollte einfach weg.

Irgendwann begann er anzudeuten, dass er nun aufbrechen wolle. Er fügte kein höfliches ‚Wenn ihr mich nicht mehr braucht‘ an, fragte auch nicht danach, ob er noch irgendwie helfen könne. Er war sich sicher, dass Dennis und Matilda noch weiter Unterstützung gebrauchen konnten, denn der Vater lag noch immer im Sterben und Dennis wäre jetzt mit Sicherheit gern bei

Matilda gewesen, die sehr an ihrem Vater hing.

Aber er musste weg, raus aus dieser vertrackten, unhaltbaren Situation, in der er sich selbst verlor! Wenn er wartete, bis der richtige Zeitpunkt gekommen war, wenn niemand mehr etwas von ihm wollte und er niemandem mehr einen Gefallen tun könnte, würde er niemals hier weg kommen.

Außerdem war dies eine gute Möglichkeit. Niemand konnte wissen, wann wohl die nächste kam.

Und er *musste* hier weg! Er musste wieder er selbst werden, musste das Ruder über sein Leben wieder in die eigene Hand bekommen. Es war ein sehr gutes Gefühl, diese Erkenntnis und diesen Entschluss zur Grundlage seiner Entscheidung zu machen! Nicht mehr passiv abzuwarten, sondern aktiv zu sein und selbstständig an der Lösung seiner Probleme zu arbeiten, einschließlich seiner misslichen, medizinischen Lage. Er wollte *selbst* mit dem Arzt sprechen, der ihn untersuchen würde, wollte gemeinsam mit ihm, nicht vermittelt durch Paul, über Lösungen nachdenken.

In diesem Augenblick kam er sich wirklich vor wie ein Entführungsopfer, dem sich die unverhoffte Gelegenheit zur Flucht bot. Er würde es sich sicher immer vorwerfen, wenn er diese Chance nicht nutzte.

Dennis ließ sich nicht anmerken, ob er enttäuscht darüber war, dass Marie nicht weiter zur Verfügung stand. Er bedankte sich überschwänglich bei ihr, betonte, wie sehr sie bei Marie in der Schuld stünden und gab seiner Hoffnung Ausdruck, dass sie sich bald unter angenehmeren Umständen wiedersehen würden, nicht zuletzt weil die Kinder Marie ganz offensichtlich in ihr Herz geschlossen hätten. Tatsächlich weinte Olivia ein paar Krokodilstränen, als sie sich brav verabschiedete und hatte sich fast schon umgedreht, da zog sie die ‚Tante Marie‘ noch einmal ganz eng an sich und gab ihr einen Kuss auf die Wange.

Alex kam sich schlecht vor. Aber das musste nun sein!

Dennis gab Marie die Hand, der Abschied hatte etwas Männliches, das Dennis hätte stutzig werden lassen können. Alex setzte sich ins Auto, schnallte sich an und fuhr los.

In den ersten Minuten dachte er gar nichts. Er machte sich auch keine Gedanken darüber, wohin er eigentlich fuhr. Schließlich war *alles* besser als der Weg zum Castle. Er war einfach in die andere Richtung abgebogen. Und die Straßen waren so kurvig und schmal, dass er sich auf sie konzentrieren musste, zumal auf den Linksverkehr. Abbiegen nach *rechts* war hier das Komplizierte, nicht, wie in Deutschland, Abbiegen nach links.

Außerdem war er wie betäubt.

Irgendwann begann er sich zu fragen, was hier eigentlich gerade geschah. Und merkte, dass er dringend nachdenken müsste. Das ging nicht auf diesen engen, kurvigen Straßen.

Bisher war er einfach am See entlang gefahren. Der nächste Ort hieß Bowness-on-Windermere und Alex sah mehrere Schilder, die auf Restaurants und Pubs hinwiesen. Er nahm einfach das nächste Schild, das auf ein Pub hinwies – Restaurants waren sicher noch nicht geöffnet zu dieser frühen Tageszeit. Schild und Pub sahen etwas schmuddelig aus, aber *so what*, er wollte hier ja nur in Ruhe nachdenken. Und diese Kleider loswerden. Er parkte auf dem Parkplatz direkt vor dem Haus.

Glücklicherweise hatte er Maries Geldbörse eingesteckt, in der sich etwa 100 Pfund und die neue

Kreditkarte befanden. So würde er in den nächsten Tagen zumindest finanziell versorgt sein. Paul hatte seine ersten Gehälter bereits überwiesen.

Alex lief in den hohen Schuhen etwas unsicher über den unebenen Boden vor dem Pub. Dieses Problem würde er bald los sein, wie so viele andere auch.

‚Marie' – war das jetzt Geschichte?

War dies eigentlich schon Flucht zu nennen, diese unspektakuläre Fahrt am Lake Windermere entlang? Sollte er nicht schon viel weiter weg sein, zusehen, dass er so viele Kilometer wie möglich zwischen sich und das Castle bekam, bis dort jemand etwas merkte? Stattdessen fühlte es sich wie eine Spazierfahrt an, ein Ausflug mit Rast in Bowness-on-Windermere – es war ihm bzw. seinem Unterbewusstsein offenbar noch *unvorstellbar*, dass er *nicht* ins Castle zurückkehren würde.

Er betrat den etwas dunklen und muffigen Pub und suchte sich einen Platz an einem Tisch in der hintersten Ecke, wo er sich setzte und ganz automatisch den weiten Rock glattstrich.

Sofort kamen die Gedanken an die voraufgegangene Nacht zurück.

Zugleich meinte Alex ein unangenehmes Ziehen an seinen Brustwarzen zu spüren. Das erinnerte ihn mit aller Wucht daran, was mit ihm geschah. Er brauchte einen kompetenten Arzt, *sofort*! Aber er durfte nicht zurück in diese Mühle, die ihm ein Leben aufzwang, das nicht das seine war! Er musste so schnell wie möglich auf den Kontinent zurück.

Der Wirt trat an den Tisch und brachte der „Lady" den Tee an den Tisch, den sie im Vorübergehen am Tresen bestellt hatte. In einem Pub war es eigentlich nicht üblich, dass man am Tisch bedient wurde, aber offensichtlich wollte der Wirt diese ungewöhnliche Erscheinung zu so früher Morgenstunde ein bisschen genauer unter die Lupe nehmen.

Alex spürte wieder, wie Aufregung in ihm aufstieg. Seine Hände zitterten leicht, als er das heiße Wasser über das Teesieb goss.

Was also machte er hier? Und was sollte er nun tun?

Er sah auf seine manikürten Hände und den glitzernden Diamantring hinab – er hätte ihn zurücklassen sollen, er wollte ja nicht stehlen! (Er würde ihn später zurückschicken.) Dieser Ring an den gepflegten Händen – auch das war nicht *er*!

Nicht?

Er spürte, wie seine Gedanken hin und her schossen – wer war er denn überhaupt? und was sollte er nun tun? Keinen dieser Gedanken konnte er zu Ende denken, so schnell folgten sie aufeinander. Er spürte, wie die Regie, die seit fast vier Wochen über ihn entschieden hatte, mit seinem Verlangen rang, wieder frei, er selbst und also: wieder Mann sein zu können. Da waren einerseits soetwas wie Pflichtgefühl und moralische Prinzipien, gegen die er verstieß. Aber da war eben auch der Druck, der die ganze Zeit auf ihm gelastet hatte und der nun, nachdem die Sache mit dem Östrogen geschehen war, nicht mehr nur darin bestand, dass er eine Rolle spielen musste, sondern der ihm nun alles zu rauben drohte, was sein altes Leben ausgemacht hatte, sein eigenes Selbstverständnis eingeschlossen. Er wusste schlicht nicht mehr, wer er eigentlich war. Alles wurde von außen über seinen Kopf und sein Empfinden hinweg entschieden, selbst diese durchgeknallte Frau mit ihren Problemen mit dem Sex nach der Entbindung hatte es getan! Wie hatte sie gesagt: Sie sehe so aus, als hätte sie, die junge Mutter, auch nach den Entbindungen ein erfülltes und befriedigendes Sexualleben! Bei dieser Erinnerung wäre Alex am liebsten, wie schon so häufig in den vergangenen Wochen, im Boden versunken, so lächerlich erschien ihm das. Aber es war eben ganz deutlich, wie wenig das, was er nach außen ausstrahlte, noch mit dem zu tun hatte, was er wirklich war bzw. einmal gewesen war.

Wer war er denn *jetzt* eigentlich? Er hatte sich verändert seit den Tagen von Eva und Beate und diesem unsäglichen Bierzelt, das er schon seit dem Tag danach aus seinem Gedächtnis zu tilgen versucht hatte. Wer war er jetzt also?

Es hatte in den vergangenen Tagen Augenblicke gegeben, in denen er selbst geglaubt hatte, dass auch das, das Feminine, ein Teil von ihm war, das er in dieser Rolle ausleben konnte. Dem war allerdings vorausgegangen, dass er wochenlang ununterbrochen manipuliert worden war. Immer wieder hatte ihm jemand gesagt, wie unglaublich weiblich er aussehe. Mehrmals war von anderen Leuten dem Glauben Ausdruck gegeben worden, dass es ganz offensichtlich sei, dass das Weibliche *auch* in ihm stecke. Aber dennoch hatten sich Martha und Maria gefreut, dass er sein „Spielzeug" noch hatte, und hatten es ausgiebig und auf die unterschiedlichsten Arten benutzt. Auch Bernhard hatte das gemacht und sogar Edith hatte ihm in jener besonderen Situation im Restaurant in den Schritt gegriffen und das „Spielzeug" genossen! Wenn es darauf ankam, hatten sie alle kein Problem damit, dass er eben *keine* Frau, sondern ein Mann war, der Frauenkleider trug – ganz im Gegenteil. Ein Problem damit hatte nur er gehabt! Bei allem mitfühlenden Geschwätz: Er war die ganze Zeit über *der einzige* gewesen, für den dies ein Problem gewesen war! Keiner dieser ach so mitfühlenden Freunde, die ihn angeblich sogar in die Familie aufnehmen wollten, hatte sich um dieses Problem geschert. Stattdessen wollten sie hinter seinem Rücken den Namen auf seinen Ausweispapieren ändern und wollten plötzlich, dass die Heirat eine richtige, rechtmäßige wurde, ohne dass sie ihm aber verraten wollten, welche Konsequenten das z.B. in Bezug auf die Frage des Erbens für ihn haben würde. Müsste die rechtmäßige Frau von Tom nicht eigentlich dessen Vermögen erben? Darüber hielten sie sich natürlich bedeckt. Sicher gab es ein juristisches Hintertürchen, das sie ihm aber nicht verraten wollten. Welch ein Vertrauen der ‚Freundin', einer Familienangehörigen gegenüber, die mit diesem kranken Mann verlobt war!

Und dieser Vertrag, den sie ihm aufzwingen wollten – stank das nicht alles zum Himmel?! War das nicht zum Gotterbarmen?

Alex konnte kaum noch stillsitzen. Aber das musste er. Er musste klar im Kopf werden!

Er hatte gesehen, dass der Pub auch die Möglichkeit zur Übernachtung bot. Kurzentschlossen nahm er ein kleines Einzelzimmer und schaffte die Tasche hinauf. Umziehen wollte er sich aber doch noch nicht. Einerseits fehlte ihm dazu einiges, wie z.B. Nagellackentferner, andererseits konnte er schlecht als Frau auf's Zimmer gehen und als Mann wieder zurückkommen.

Er wollte sich erst über einiges klar werden, bevor er sich festlegte und handelte.

Stimmen

Alex ließ den Tee auf die Zimmerrechnung setzen und brach zu einem Spaziergang auf. Gehen und Nachdenken, das war für ihn schon immer eine gute Kombination gewesen.

Bowness-on-Windermere war ein romantischer, kleiner Ort mit Fachwerk- und Steinhäusern inmitten üppiger Natur, der von vielen Touristen besucht wurde. Aber Alex wollte nicht besichtigen, sondern nachdenken. Deshalb wählte er einen Weg, der in den Wald hinein führte.

Seine Gedanken kreisten weiter, gingen hin und her. Seine Empörung angesichts des vielfältigen Drucks, der auf ihn ausgeübt wurde, war noch keineswegs verraucht. Allerdings kamen ihm nun auch Erinnerungen an viele außergewöhnliche Erfahrungen, die er in den vergangenen Wochen im Castle gemacht hatte. So sehr er auch unter Druck gesetzt worden war: das Leben der Reichen und Schönen, das ihm in der Zeit seines Auftrags geboten wurde, hatte auch seine Reize. Welche Möglichkeiten er plötzlich hatte – nein, nicht *er*, Alex, sondern *sie*, Marie, diese Frau, die er spielte und zu der er zunehmend wurde. *Sie* hatte diese Möglichkeiten, aber auch *er* hatte sie genossen. Da war einerseits dieses kultivierte Leben im Castle. Er war kein Gefangener ...

Nicht?

Sofort hakte die Stimme des Zorns ein, die er überdeutlich in sich hörte: *natürlich* war er ein Gefangener! Er war nicht sein eigener Herr, nicht einmal in kleinen Teilen seines Lebens, noch viel weniger bei so wichtigen

Dingen wie Östrogen und Ausweispapieren. Außerdem war es ein echter Knebelvertrag, den er da unterschreiben sollte.

Ok, dachte er weiter, ein Gefangener, ja, irgendwie schon. Aber die Entlohnung war fürstlich und die Annehmlichkeiten dieses Gefängnisses waren nicht zu übertreffen: die viele Körperpflege, die er sich angedeien lassen konnte, die wunderbaren Stoffe, die er trug, die aufregende Kleidung und, ganz besonders, die nicht weniger aufregenden Erlebnisse, die er hatte.

Wieder schaltete sich der Zorn ein: die Kleidung?!? *Frauen*kleidung! Die Erlebnisse?!? Erniedrigende, peinliche Situationen! Es gäbe keinen Mann, der das alles nicht als lächerlich empfunden hätte! *So* lächerlich und *so* peinlich, dass dieses Geheimnis nicht einmal allen Freunden des Hauses verraten wurde. Und was würde wohl geschehen, wenn er es im Pub ausgeplaudert hätte? Auslachen würde sie ihn, verspotten dieses Weichei in Fummeln, diese Transe! Als Schwuchtel und als Schwanzmädchen würden sie ihn bezeichnen, anzügliche Bemerkungen machen, und sicher würde er nicht wenige unanständige, grölend vorgetragene Angebote bekommen, vielleicht sogar Übergriffe ertragen müssen. Als das, was er im Augenblick war, war er Freiwild für all diese Männer, die mit dem Phänomen ‚Crossdressing' noch niemals in Berührung gekommen waren. Warum war es denn so schwierig für die Transmenschen, sich zu outen? Weil es bei der überwiegenden Mehrzahl der Menschen als lächerlich, weil unmännlich galt. Ein ‚Transmensch musste nicht nur mit sich selbst, seinem Selbstgefühl und seinem Körper klarkommen, er musste sich zudem psychisch wappnen, um Hohn und Spott und die menschliche Ausgrenzung zu

ertragen, sogar von Menschen, die ihm einmal , nahege-
standen hatten.

Ja, aber trotzdem, hörte er wieder die andere Stimme
in seinem Inneren, die es wagte, dem übermächtigen
Zorn die Stirn zu bieten. Sie wies darauf hin, dass es in
dieser Zeit, die er seit fast vier Wochen erlebte, Augenblicke gegeben hatte, in denen er sich in einer Weise *ganz*
gefühlt hatte, wie er es noch niemals zuvor erlebt hatte.
Niemals, solange er Hosen getragen hatte, sagte diese
Stimme, hatte er sich in dieser Intensität selbst gespürt
und niemals hatte er Augenblicke so tiefer Befriedigung
erlebt. War es nicht so? Hatte es nicht solche Augenblicke gegeben? Von außen gesehen mochten das Augenblicke der Perversität gewesen sein, die von vielen Spie-
ßern verdammt oder verlacht worden wären. Aber für
ihn waren es Augenblicke der Erfüllung gewesen, die er
genau so und nicht anders gewollt hätte! Die ihn zumindest für diese Augenblicke glücklich gemacht hatten.

Seltsamerweise wusste der Zorn dazu nichts zu sagen, so dass die Stimme des Widerspruchs fortfuhr:
Mochten Martha und Maria ihn als Werkzeug ansehen,
das sie benutzten und irgendwann fallen lassen würden:
bis dahin verschafften sie ihm Erfahrungen, von denen
er niemals gedacht hätte, dass sie ihm möglich waren.
Und zugleich glaubte Alex plötzlich, dass sie durchaus
recht hatten: das Leben als Mann war für ihn immer ein
irgendwie eindimensionales gewesen, in gewisser
Weise flach, ohne tieferes Gefühl. Die Liebe zu Eva, ja,
die war einmal tiefer gedrungen, hatte für einige Zeit
eine tiefere Dimension in sein Leben gebracht. Aber wie
die Erfüllung, der Höhepunkt beim Sex für den Mann
immer nur eine kurze Eruption war, die unweigerlich
und sehr schnell in die erste und einzige Dimension

männlichen Lebens zurückführte, so hatte die Aufregung, die vielschichtige Erfahrung des Lebens, das er im Castle erlebt hatte, den Anschein, als wenn es sich hierbei eben um die Erfahrung spezifisch *weiblichen* Lebens handelte. Und als ob diese in seinem Leben bisher … gefehlt hatte? Sie war ganz eindeutig eine *Bereicherung*! Ein Mann würde nicht schon allein durch Körperpflege oder die Wahl und das Anziehen von Kleidung erregt. Eine Frau schon – und er, Alex, auch! Es gab so vieles, das aufregend war, ohne dass es spektakulär gewesen wäre oder dass die Umgebung notwendig etwas davon mitbekommen musste! Z.B. eines Latexhöschens, das Marie bei dem Date mit Bernhard getragen hatte. Aber es reichte ja schon das Anziehen von Seidenunterwäsche, das Tragen von Stay ups oder eines Strapsgürtels mit den zugehörigen, hauchzarten Strümpfen! Ein züchtiger Rock darüber oder eine weite „Marlene-Dietrich-Hose" und niemand bekam von dieser aufregenden Unterwäsche etwas mit! Wahrscheinlich war es sogar noch eine Steigerung, wenn die Frau das Höschen ganz wegließ und ihre rasierte Scham unmittelbar der Luft aussetzte, die ihr unter den Rock fuhr. Aber das hatte sich Marie bisher noch nicht getraut – es hätte ja sein können, dass sein bestes Stück einschlägig reagierte und eine Beule im Stoff des Rocks verursachte. Welchen Beweis aber brauchte es angesichts all dessen noch, um den Grad und die Häufigkeit der Erregung eines solchen Lebens zu belegen?

Aber das Ganze ist trotzdem lächerlich, wandte der Zorn wieder ein, schon etwas matter. Was würden deines Kumpels an ihrem nächsten Bierabend sagen, wenn sie diese Geschichte erführen oder dich so sähen! Sie würden Tränen lachen und sich gegenseitig durch die zotigsten Witze zu übertreffen versuchen.

Ja, beharrte die andere Stimme, aber keiner von ihnen hat diese Erfahrungen gemacht! Und vielleicht könnte das auch niemand von ihnen, denn um sie machen zu können, brauchte es ... – Alex bremste abrupt den Gedankengang ab. Diese Erfahrung kann ganz einfach nicht jeder machen, formulierte er seinen Gedanken neutral.

Und warum soll Alex das können und die anderen nicht?

Die Stimme blieb hartnäckig.

Weil Alex ...

Alex kickte einen Stein vor sich her, so gut das mit den eleganten, vorne spitz zulaufenden Absatzschuhen ging. Aber er war das Tragen dieser Schuhe nun schon so gewohnt, dass er den Stein ganz gut unter Kontrolle hatte und trotzdem sicher auf den schmalen Absätzen stand. Allerdings blieben Kratzer auf dem empfindlichen Leder des Schuhs zurück.

Wollte er an dieser Stelle weiterdenken? Wollte er wirklich den Schluss aus diesen Gedanken ziehen, der der Stimme bereits auf der Zunge gelegen hatte?

Dass nämlich Alex solche Erfahrungen machen konnte, weil er eben *auch* Marie war?

Weil Alex also *auch Frau* war?

Seine Gedanken blieben an dieser Stelle einfach stehen. Was sollte er, wenn es denn stimmte, mit einer solchen Erkenntnis anfangen? Die Konsequenzen daraus schienen ihm spontan allzu erschreckend zu sein.

Alex trat aus dem Wald heraus und blickte über den romantischen Ort auf den tiefblauen See, über den gerade ein eleganter Ausflugsdampfer eine weiße Linie zog.

Das Wort dröhnte ihm noch in seinem Kopf: weil Alex *auch* Frau ist!

Das war ihm ja von verschiedenen Leuten bereits mehrere Male gesagt worden, von Edith und von Martha und Maria: dass er zweifellos *auch* Frau war. Die Marie steckte ebenso in ihm wie der Alex. Das konnten sie nicht gesagt haben, um ihn zu manipulieren und zu etwas zu überreden, das er eigentlich nicht wollte. Denn er hatte selbst diese Erfahrung gemacht. Sie stimmte durchaus mit seinem eigenen Empfinden überein – und trotzdem schauderte ihn.

Bis ihm schließlich auffiel, dass das in der Formulierung so wichtige Wörtchen „auch" nicht nur in einer, sondern ebenso in einer anderen Richtung zu denken war. Dann bedeutete es aber nicht nur, dass Alex auch *Frau* war, sondern genauso: dass er auch *Mann* war. Alex ist *auch* Marie. Und umgekehrt: Marie ist *auch* Alex.

Er spürte, dass er von dieser Beobachtung gleichermaßen fasziniert und erleichtert war: Es ging hier also nicht um ein Entweder–Oder. Für ihn konnte das eine vielmehr nicht ohne das andere gehen: beides gehörte zusammen. Er war Alex *und* Marie, Marie *und* Alex. Manchmal mehr Alex, manchmal mehr Marie. Beides steckte in ihm. Und das wiederum hieß, dass er sich keineswegs zwischen dem einen oder anderen entscheiden musste. Er könnte zu Hause einen Schrank und ein Waschbecken für Alex haben und einen Schrank (oder zwei Schränke) und ein Waschbecken für Marie.

Der Haken daran war nur die Sache mit den Hormonen. Sein Körper verwandelte sich gerade in den einer Frau, und mit Busen, schmaler Taille und dickem Hintern würde Alex es schwer haben, wenn er als Mann z.B. ins Schwimmbad oder an den Strand oder mit seinen

Freunden in die Berge wollte.

Was hieß das aber jetzt?

Alex spürte, dass es ihm zu schnell war, jetzt schon Schlüsse zu ziehen, die Auswirkungen auf sein gesamtes Leben haben würde. Immerhin hätte es sein können, dass er einen wesentlichen Aspekt bisher übersehen hatte.

Er versuchte, die Stimme des Zorns wieder heraufzubeschwören, aber stattdessen meldete sich die andere Stimme wieder: Die Menschen im Castle haben Marie, die sie doch angeblich nur benutzten, bereits mehrere Perspektiven für die Zukunft angeboten: die unspektakulärste war die, nach Hause zurückzukehren und als gutbezahlte Assistentin in Pauls Kanzlei zu arbeiten und ansonsten ein vollkommen selbstbestimmtes Leben zu führen. Ein anderes: einfach im Castle zu bleiben und hier als Witwe von Tom weiterzuleben und sich in Ruhe nach neuen Aufgaben umzuschauen. Eine dritte Möglichkeit war es (sofern sie ihn doch nicht nur als Werkzeug betrachteten), gemeinsam mit Martha und Maria nach Atlanta zu gehen und dort an ihrem weiterhin zweifellos aufregenden Leben teilzuhaben. Und dann war da auch noch Bernhard, der nach all dem, was er erzählt und angedeutet hatte, vielleicht ebenfalls Pläne schmiedete, bei denen Marie eine nicht unwesentliche Rolle spielen würde.

Blieb nur die Sache mit der Ehrlichkeit: die Wirkung, die Marie z.B. auf Kinder hatte. Die süße, kleine Olivia, so wach und unmittelbar – Alex hatte gedacht, dass das Kind eigentlich hätte merken müssen, dass Alex ihm etwas vorspielte. Aber vielleicht hatte Olivia ja gerade gemerkt, dass er ihr *nichts* vorspielte, dass Alex stattdessen Marie *war* und insofern also ganz ehrlich. Es war ganz ohne Zweifel so: Alex hatte sich nicht allzu sehr verstellen müssen, um die Kleine und ihren winzigen Bruder süß zu finden und Zeit mit ihnen zu verbringen. Sich verstellt hatte er erst, als er sich gegen seine eigenen Gefühle gewehrt und das Mädchen auf Distanz gehalten hatte, das daraufhin völlig verstört gewesen war, denn *jetzt* stimmte etwas nicht! Das Kind hatte die Wahrheit offenbar sehr viel besser gespürt, als es der in Schwarz-Weiß-Denken gefangene Alex hatte spüren können. *Dort* aber lag zweifellos die Wahrheit.

Und der Zorn?

Auch er passte, denn es hieß nicht nur: Alex ist *auch* Marie, sondern ebenso: Marie ist *auch* Alex. Diesen aber hatte er seit fast vier Wochen völlig ausblenden müssen! Er hatte Marie und *nicht* Alex sein müssen! Kein Wunder, dass er das Gefühl gehabt hatte, sich selbst zu verlieren, denn das geschah ja tatsächlich. Er hatte Alex ablegen, ihn vergessen sollen. Diese Rechnung ging aber ganz einfach nicht auf, *konnte* es gar nicht.

Hier würde nachjustiert werden müssen! Bevor er den Vertrag unterschreiben würde, würde dieser Aspekt eingearbeitet werden müssen. Das konnte Paul ihm nicht verwehren.

Alex genoss es, die Absätze auf dem harten Stein der Uferpromenade zu hören, die er inzwischen erreicht hatte. Er genoss es, an diesem strahlenden Sommertag den weiten Rock an den Beinen in den zarten Strümpfen zu spüren, ebenso das Gefühl der leicht eingeschnürten Taille und die sichtbaren Wölbungen seines „Busens", selbst wenn damit sofort die anstehenden, dringenden Probleme wieder in sein Bewusstsein drangen.

Aber nun war er gelassener: erst die eine Entscheidung, dann die andere.

Moonlight

Der Nachmittag war schon weit fortgeschritten, als Alex zum Pub zurückkehrte. Als er den Land Rover sah, der nach wie vor an der Straße stand, fiel ihm auf, dass er für eine Übernachtung weder Kleidung noch die notwendigen Hygiene- und Kosmetik-Artikel hatte. Er erkundigte sich beim Wirt nach den nächsten Einkaufsmöglichkeiten und fuhr los, um sich mit dem Wichtigsten einzudecken.

Als er die Einkäufe in sein Zimmer gebracht hatte, setzte er sich wieder in die Gaststube, um etwas zu Abend zu essen.

Seine Stimmung war eine ganz andere als zuvor. Etwas in ihm hatte entschieden, dass er gleich morgen früh – warum nicht sofort? Nein, er wollte erst eine Nacht darüber schlafen, das hatte er sich in solchen Fällen zum Prinzip gemacht – dass er also gleich morgen früh ins Castle zurückkehren und den Job zu Ende bringen würde. Er würde nur diese eine Bedingung stellen: dass es regelmäßig einen Tag geben müsste, an dem er ganz er selbst, ganz auf sich gestellt wäre und es niemanden kümmerte, welche Kleidung er dabei trug. Paul würde ihm in diesem Punkt einfach entgegenkommen *müssen*. Wie wichtig das war, sah man unschwer an dieser seiner ‚Flucht'.

Die Zeit war inzwischen fortgeschritten, die Schankstube hatte sich gefüllt. Der halbe Ort schien sich hier zu versammeln, jedenfalls die Einheimischen. Die meisten der Männer standen am Tresen oder in dessen Nähe, an den Tischen saßen Paare. Viele der Frauen waren sehr jung und hatten sich ersichtlich schick gemacht. Manche sahen sogar etwas *sehr* aufgebrezelt, fast schon nuttig aus. Alex musste lächeln: Marie würde vielleicht ähnlich wahrgenommen werden – aufgebrezelt. Und das war auch ganz richtig so, irgendwie *war* sie das ja auch in ihrem auffälligen Rock und den eleganten, hohen Schuhen.

Ein Herr mit einem Glas Bier in der Hand trat an ihren Tisch. Er sprach Marie freundlich an, wollte sich offensichtlich mit ihr unterhalten. Alex war aufgrund der Erkenntnisse und Entscheidungen, die er nun getroffen hatte, in so aufgeräumter Stimmung, dass er ihn einlud, am Tisch Platz zu nehmen. Und als der Herr dezent nach dem Woher und Wohin der „Dame" fragte, dachte er sich wieder einmal eine nette Geschichte aus: auf der Durchreise, aus Deutschland, auf Entdeckungstour im Lake District, Ferien allein – „Ganz allein?" „Ja, ganz allein, vollkommen selbstbestimmt." „Niemand, der auf Sie wartet?" „Außer meinem Arbeitgeber nicht." – bis sie in drei Wochen wieder ihre Arbeit in Deutschland aufnehmen müsse. „Was für eine Arbeit?" „Assistentin in einer kleinen Anwaltskanzlei, nichts Besonderes, ein Anwalt, der sich für sozial Schwache einsetzt."

Der Herr wunderte sich: eine so attraktive Frau in einer Kanzlei für sozial Schwache?

Sie befriedige das, ließ Alex Marie im Brustton der Überzeugung verkünden, es sei viel besser, als irgendwelchen kaltblütigen Wiederholungs-Straftätern zu einer milderen Strafe zu verhelfen, als sie es verdient hatten.

Der Herr schien sehr angetan, bat sie, ihr ein Getränk bestellen zu dürfen. Alex überlegte kurz. Es gab ja etwas zu feiern, was er dem Herrn natürlich nicht auf die Nase band. Also ließ er sich ein Glas Rotwein bringen, obwohl ihm eigentlich eher nach Sekt gewesen wäre – aber das hätte der Herr missverstehen können.

Der Wein erwies sich als schwerer als angenommen, aber er tat gut! Ja, es gab wirklich etwas zu feiern! Also trank Alex das Glas verhältnismäßig schnell aus. Der Herr brachte Marie noch ein zweites.

Nun erzählte der Herr ein wenig von sich, aber Alex hörte nicht richtig zu. Erst war er mit sich und seinem Anlass zu feiern beschäftigt, und als das Geplauder immer lustiger und ungezwungener wurde, begann er, Maries Äußeres und ihre Außenwirkung zu überprüfen. Den Rock und die Bluse trug sie nun schon seit gestern, hatte darin die Nacht auf dem Steg verbracht – wie Alex plötzlich diese Nacht in den Knochen spürte! –, aber alles in allem war Marie präsentabel. Alles war sauber, der Rock sogar noch überraschend glatt, das Makeup hatte sie aufgefrischt, bevor sie zum Essen gegangen war, auch der Lippenstift war frisch.

Die Plauderei belebte Alex, der den Wein bereits spürte. Trotzdem hielt er sich bei dem zweiten Glas zurück, leerte es bedächtiger. Ein drittes Glas lehnte Marie lachend ab: er sei ihr zu schwer, würde sie sonst nur müde machen. Aber als der Herr vorschlug, in ein Lokal zu wechseln, in dem die Auswahl an Wein und Sekt größer war als hier, stimmte Marie zu: eigentlich wollte sie noch immer gern ein Glas Sekt trinken, um die denkwürdige Entscheidung zu feiern.

Sie verließen den Pub und fuhren ein Stück am See entlang, bis der Herr, noch immer fröhlich plaudernd, in eine schmale Straße abbog, die direkt in den Wald hinein führte. Einen Moment lang stutzte Marie, es wurde ihr mulmig, aber der Herr erklärte, dass hier ganz in der

Nähe ein Tanzlokal liege, in dem es eine große Auswahl an Getränken gebe. Und dann war auch schon wieder dabei, amüsante Geschichten zu erzählen. Alex spürte die wohlige Wirkung des Alkohols und ließ den Mann machen.

Es dauerte nicht lang, bis sie den großen Parkplatz eines hell und bunt erleuchteten Hauses erreichten, das mitten im Wald lag. Über dem Eingang leuchtete in großen Neon-Lettern das Wort *„Moonlight"*. Der Parkplatz war schon gut gefüllt. Der Herr parkte den Wagen und half Marie dann höflich beim Aussteigen.

Drinnen war einiges los, gute Stimmung, mitreißende Tanzmusik. „Sie tanzen doch sicher gern, nicht wahr?", sagte der Herr, suchte aber dennoch einen Tisch aus, der im hinteren Teil des Saals lag, wo es etwas stiller war. „Zuerst aber wollen wir etwas Gutes trinken. Was halten Sie von einem Glas Sekt?"

Marie stimmte gern zu, der Herr bestellte Champagner. Als sie zum ersten Mal anstießen, stellte er sich vor: „Ich bin Bryan."

„Marie."

„Wie schön, dass wir uns kennengelernt haben, Marie."

Die Plaudereien blieben amüsant, waren zunehmend gespickt mit Komplimenten. Bryan entpuppte sich als Bewunderer weiblicher Schönheit und bekannte, dass Marie ihn gerade aus diesem Grund aufgefallen war. „Eine solche Schönheit erlebt man nicht oft in Bowness-on-Windermere!"

Marie fühlte sich ehrlich geschmeichelt und leerte gemeinsam mit Bryan ihr Glas, das sofort wieder aufgefüllt wurde. Der Champagner belebte sie und vertrieb die ermüdende Wirkung des schweren Rotweins.

Schließlich lockte Bryan Marie aus der Reserve: ob sie nicht mit ihm tanzen wolle, fragte er, stand dabei aber bereits vor ihr und reichte ihr eine Hand.

Sie betraten die Tanzfläche, auf der sich schon viele Menschen tummelten. Marie begann, sich im Rhythmus der Musik zu bewegen. Es kam ihr nicht in den Sinn, darüber nachzudenken, dass sie als ‚Marie' noch niemals in der Öffentlichkeit getanzt hatte. Außerdem machte sie sich nicht, wie früher, Gedanken darüber, wie eine mögliche Schrittfolge oder wie sie für einen Beobachter aussehen musste – sie überließ sich ganz einfach den Rhythmen und Tonfolgen der Musik, die sie umgab wie eine warme Decke.

Das tat so gut! Sie spürte den schwingenden Rock und den zarten Nylonstoff der Strumpfhose an ihren Beinen, spürte die hohen Schuhe mit den verführerischen, schmalen Absätzen an ihren Füßen und wie sie sie zu besonders weiblichen Bewegungen anhielt, den Busen über ihrer Taille, der sich leicht bewegte, und sogar den Schmuck, den sie um Hals und Handgelenk trug. Manchmal blitzte der Verlobungsring auf und setzte die perfekt manikürten, schlanken Hände ins rechte Licht. In diesem Augenblick war Marie ganz mit sich im Reinen.

Sie begann, ausgelassener zu tanzen. Der Rhythmus, in dem die Menschen um sie herum auf und ab wogten, und die Lautstärke der Musik, die jedes Gespräch unmöglich machte, rissen sie mit. Sie nahm die Arme hoch und war sich sofort bewusst, dass Bryan und die anderen Männer nun ihre sauber ausrasierten Achselhöhlen sehen konnten. Es war ihr egal. Marie war ganz bei sich.

„Ja!", dachte sie zum wiederholten Mal mit Blick auf den Nachmittag. Das war es doch, was sie wollte: sich loslassen, sich selbst vergessen können! Nicht den starken Mann markieren müssen und sich zugleich in dieser Rolle beengt fühlen. Hier, auf dieser Tanzfläche konnte sie sich in Ekstase hineinsteigern und ihr guterzogener Partner würde sie noch immer bewundern – vielleicht sogar umso mehr, je mehr sie sich fallenließ! Sie brauchte nur ihre schlanken, gepflegten Arme zu heben, bis man ihre makellosen Achselhöhlen sehen konnte, und die Männer gerieten in Verzückung. Bryans Gesicht, das ganz in ihrer Nähe auf und ab hüpfte, schien das nur zu gut zu bestätigen.

Marie überließ sich wieder der berauschenden Musik und dem nicht weniger berauschenden Gefühl, ganz mit sich im Reinen zu sein. Hier und jetzt war sie *ganz*, war sie glücklich, wie sie es nie zuvor gewesen war, jedenfalls nicht, solange sie noch Hosen getragen und um Muskeln an den Armen gerungen hatte. *Marie* konnte tatsächlich *glücklich* sein, *Alex* war höchstens *zufrieden* oder *froh* gewesen, wenn es ihm gut ging.

Plötzlich wechselte die Musik. Sie wurde deutlich leiser, getragener – ein Kuschel-Song! Schon trat Bryan an Marie heran, fasste sie sanft um die Taille und zog sie an sich. Dann begann er, sich mit ihr zusammen im Takt der stimmungsvollen Musik zu bewegen. Spontan und ganz automatisch legte Marie ihre Arme auf Bryans Schultern und drückte sich an ihn. Wie gut sich das anfühlte! Es war ihr, als würde sie in ein warmes, weiches Loch fallen, in dem alles Drumherum keine Rolle spielt und immer weiter zurücktritt, vollkommen belanglos wird. In diesem Augenblick gab es nur noch sie, die einschmeichelnde Musik und diesen warmen Körper eines Mannes, der sie bewunderte. Er hielt sie ganz fest, drückte sie sanft an sich, und sie spürte an ihren Armen, die noch immer auf seinen Schultern lagen, seine Haare und die Wärme seines Kopfs. Irgendwann trafen sich ihre Münder und sie verloren sich in einer endlosen Knutscherei. Und Marie spürte, wie es in ihrem Höschen warm wurde.

Dann wurde es um sie her dunkel.

Als Alex erwachte, spürte er ersteinmal nur den pochenden Kopfschmerz. Er saß ganz oben in seinem Kopf und schien die Schädeldecke absprengen zu wollen. Er griff sich an seine Stirn und versuchte, eine Position zu finden, in der der Schmerz erträglicher war. Selbst die Augen schmerzten, so dass er sie geschlossen hielt.

Er spürte, dass er auf einer Liege oder einem Bett lag. Jemand hatte für ihn gesorgt. Er versuchte sich zu erinnern, was geschehen war, aber die Bilder kamen nur langsam zurück. Er nahm einen ungewohnten Geschmack in seinem Mund wahr, aber er konnte ihn nicht einordnen. Er fühlte sich unwohl und merkte irgendwann, dass ihn nicht nur der Kopf schmerzte, sondern große Teile seines Körpers: Bauch, Beine, seltsamerweise auch sein Hintern.

Er blieb noch einen Augenblick mit der nicht mehr kühlenden Hand auf der Stirn liegen, bis er schließlich die Augen öffnete.

Er lag auf einem einfachen, großen Bett in einem spärlich möblierten Raum. Kein Krankenzimmer, etwas Privates. Immerhin gab es in einer Ecke ein Waschbecken mit einem Spiegel darüber. Ein Hotelzimmer? Eher ein Hinterzimmer. Vielleicht eine Pension. Für ein richtiges Hotel- oder Pensionszimmer wirkte es allerdings irgendwie zu schmuddelig.

Niemand war im Raum. Alex musste die Augen wieder schließen, der Kopfschmerz war zurückgekommen. Als er sich wieder auf anderes konzentrieren konnte, begann er zunächst seinen eigenen Zustand zu erkunden. Er trug noch immer den weiten Rock und die Bluse, aber alles war unordentlich und über der Brust waren ein paar Knöpfe der Bluse offen. Die bisher unbewusst unterdrückte Angst verdichtete sich. Er griff in die Öffnung über seiner Brust: Halskette, BH und Silikon-Einlagen waren noch da, aber deutlich verrutscht, als habe sie jemand nachlässig wieder an ihren Platz gerückt.

Angst entwickelte sich zu Panik.

Instinktiv griff er sich in den Schritt, schob den Rock hoch: das Höschen war verschoben, sein erschlaffter Penis war unbedeckt. Und hinten saß das Höschen überhaupt nicht mehr. Sein Hinterteil schmerzte, fühlte sich an, als würde etwas Dickes darinstecken und es völlig ausfüllen. Ein schneller Griff überzeugte ihn aber davon, dass das nicht der Fall war. Nur fühlte es sich so an, als wäre es noch nicht lange her, seit etwas daringesteckt und das Loch gedehnt hatte.

Alex sah zum Fenster hinüber. Es war klein, wie es an älteren Häusern üblich war, aber es war nicht mehr dunkel.

Nicht mehr?

Oder noch nicht?

Alex konnte die Zeit nicht einschätzen, die vergangen war, seit er im Tanzlokal das Bewusstsein verloren hatte. War er einfach nur zusammengebrochen? Oder hatte man ihn betäubt? Jetzt erinnerte er sich, dass er sich geradezu in Ekstase getanzt hatte – die hochgereckten Arme – und dass er mit Bryan … die Erinnerungen wurden nun immer klarer. Plötzlich war alles schwarz geworden. Der klassische Filmriss.

Also auch das klassische Mittel, das diesen Filmriss hervorgerufen hatte? K.O.-Tropfen?

Plötzlich konnte er auch den ungewöhnlichen Geschmack in seinem Mund zuordnen. Er hatte ihn schon einmal geschmeckt, damals, als er ganz zu Beginn dieses ,Experiments', wie Eva es genannt hatte, sein eigenes Sperma hatte schlucken müssen. Und dann wieder im Bierzelt …

Alex ließ den Kopf ins Kissen sinken. Die Panik breitete sich weiter aus. Was zum Henker hatte er getan?! Warum hatte er sich so gehen lassen?! Sich mit diesem wildfremden Mann einzulassen wie ein 14-jähriges Mädchen, vertrauensselig in sein Auto zu steigen und sich von ihm in den Wald fahren zu lassen! Und Alkohol in Mengen zu trinken, die ebenfalls geradezu infantil wirkten. Erst der schwere Rotwein und dann … wie viele Gläser Champagner hatte er hinuntergeschüttet? Zwei? Drei? Oder noch mehr?

Plötzlich ging die Tür auf. Eine Frau in einem freizügigen Kimono kam herein, darunter schien sie nur wenig zu tragen.

Sie trat an das Bett heran.

„Du bist also endlich wach?"

Alex blinzelte sie durch seinen Kopfschmerz hindurch an. „Mehr oder weniger. Eher weniger."

„Okay", sagte die Frau und schob ein Kaugummi in die andere Backe. „Dann sieh mal zu, dass du wieder auf die Beine kommst. Allerdings: heute geht eh nichts mehr. Eigentlich hast du also Zeit bis morgen früh."

„Heute? Welchen Tag haben wir?"

„Na, Samstag. Schade dass du noch nicht einsatzfähig

bist, heute könnten wir dich gut gebrauchen."

„Samstag-Abend?"

Die Frau sah ihn eindringlich an. „Du kannst dich nicht erinnern? An gar nichts?"

Alex wollte mit dem Kopf schütteln, ließ das aber lieber bleiben. „Nein", antwortete er stattdessen und versuchte zum wiederholten Mal, die aufsteigende Panik zu unterdrücken. „Wieso? Was ist denn geschehen?"

„Ach, nichts. Ich dachte nur. Brauchst du eine Kopfschmerztablette?"

„Eine Packung wäre mir lieber."

„Okay, ich bring sie dir. Und sobald ich Zeit finde, bringe ich dir mal einen Kaffee. Du siehst erbärmlich aus, Schätzchen. Das wird aber etwas dauern. Heute ist natürlich *full house*, da sind Kunden ohne Ende im Haus."

„Kunden?"

„Ja, sicher, was meinst du, wo du hier bist? Im Sanatorium?"

„Ich habe keine Ahnung, wo ich bin."

Die Frau blickte Alex einen Augenblick lang nachdenklich an. „Du bist nicht von hier, nicht?"

„Nein."

Die Frau schüttelte den Kopf und murmelte: „Hat er's wieder geschafft, dieser Fuchs!" Laut sagte sie: „Also, du bist hier im *Moonlight*." Alex erinnerte sich an den leuchtenden Namenszug über dem Eingang zum Tanzlokal. „Offiziell ein Tanzlokal und ein Swinger-Club, überregional bekannt. Wenn du aus der Gegend wärst, würdest du es vermutlich kennen. Obwohl", die Frau musterte ihn von oben bis unten, „du vielleicht nicht."

„Und inoffiziell?" fragte Alex, dem die Betonung des Worts ‚offiziell' aufgefallen war.

„Inoffiziell? Na, ein gottverdammter Puff. Was denkst denn du? Ein Scheiß-Sanatorium?"

Inhalt

Von Catherine May sind in der Reihe „Crossdresser-Erzählungen" bisher erschienen:

„Im Kleinen Schwarzen. Erotische Erzählung"

Teil 1 (Crossdresser-Erzählungen – Band 3), 64 Seiten
ISBN: 978-3-7412-7242-4

Teil 2 (Crossdresser-Erzählungen – Band 4), 80 Seiten
ISBN: 978-3-7431-2847-7

Teil 3 (Crossdresser-Erzählungen – Band 5), 88 Seiten
ISBN: 978-3-7431-9482-3

Teil 4 (Crossdresser-Erzählungen – Band 6), 84 Seiten
ISBN: 978-3-7448-5187-9

Teil 5 (Crossdresser-Erzählungen – Band 7), 92 Seiten
ISBN: 978-3-7460-4948-9

Teil 6 (Crossdresser-Erzählungen – Band 8), 110 Seiten
ISBN: 978-3-7568-1456-5

Teil 7 (Crossdresser-Erzählungen – Band 12), 127 Seiten
ISBN: 978-3-7583-0182-7

Die Erzählung „Im Kleinen Schwarzen" wird fortgesetzt

Weitere Bücher von Catherine May:

„Neun Tage Frau – Teil 1"
(Crossdresser-Erzählungen – Band 1), 197 Seiten
ISBN: 978-3-7392-2829-9

„Neun Tage Frau – Teil 2"
(Crossdresser-Erzählungen – Band 2), 190 Seiten
ISBN: 978-3-7392-2999-7

„Ein Sommertagtraum. Aus Peter wird Petra"
(Crossdresser-Erzählungen – Band 9), 169 Seiten
ISBN: 978-3-7481-4067-2

„Die Schwarze Witwe"
(Crossdresser-Erzählungen – Band 10), 103 Seiten
ISBN: 978-3-7519-0548-0

„Jehlicka. Polka im Dirndl"
(Crossdresser-Erzählungen – Band 11), 122 Seiten
ISBN: 978-3-7543-9747-3

Verlag und Autorin freuen sich über Rückmeldungen
auf www.bod.de/buchshop oder www.amazon.de.